おぼろ秘剣帳

火坂 雅志

学研M文庫

目次

第一部　信玄黄金城

宇治の川霧

一

女の肌は濡《ぬ》れていた。

それは、障子《しょうじ》のすきまから白い魔手《ましゅ》のように忍び入ってくる川霧のせいではなかった。きめ細やかな肌はひんやりと冷たく、雨上がりのあじさいの葉を思わせた。

小袖の衿《えり》もとから手を差し入れた男は、張りつめた女の胸全体を、掌《てのひら》でつつみ込むようにやわらかく愛撫《あいぶ》していく。

「あ、ああっ……」

女の口から、甘やかなあえぎ声がもれる。媚《こび》を含んだ、切なげな声である。

「なぜ、こんな……。つい昨日まで、見ず知らずだったあなたに」

「誘ったのは、おまえの方だ」

男は冷たく言い放つと、女の締めている金襴《きんらん》の細帯を解きはじめた。紅の地に雪柳《ゆきやなぎ》と蝶《ちょう》を散らしたあでやかな小袖を無造作にはぎ、その下の帷子《かたびら》をめくっていく。

やがて、熟《う》れきった女の体があらわになった。

夜明け近くの青ざめた空気のなかで、女の白い肢体が息づいている。

だが、それを見る男の目には情欲のかけらもなかった。青白い端整な顔が、まるで木偶《でく》人形でも見下ろすように女の体を冷たく眺めている。

男は女をしとねの上に腹ばいにさせた。

形のいい豊満な尻が、男を誘うように盛り上がっている。

男は女の尻をゆっくりと揉《も》みほぐしながら、脚と脚のあいだに手を伸ばしていく。

「あ、あうっ」

淫らな声を、女は洩《も》らした。

男の指先は女の秘められた花園に達している。

熱にうかされたような女の表情をうかがうと、男は花びらを割るように指をすべりこませた。

女のそこは溶けていた。

熱い蜜がねっとりと指にからみつく。

「愁之介《しゅうのすけ》さま、じらさないで下さいませ。あっ、そのように……」

女は尻をくねらせて、激しく身もだえした。

「貪婪《どんらん》な女だ」

女には聞き取れないほど低い声で、侮蔑《ぶべつ》するようにつぶやくと、男は静かに立ち上がった。

茄子紺《なすこん》の地に槍梅《やりうめ》を染め抜いた、辻《つじ》が花の小袖を脱ぎ捨てる。

「早く、愁之介さま……」

女の求めに応《こた》えるように、男は女の尻をつかみ、脚を大きく開かせ、腰を沈めた。十分濡れそぼっていたそこは、男の侵入を楽々と受け入れる。

男は背後から激しく責めたてはじめた。女の口から洩れるすさまじい歓喜の声が、障子の桟《さん》を震わせて響きわたる。

女の嬌声《きょうせい》が静まったのは、やがて夜も明けきろうかとするころだった——。

「愁之介さま、今度はいつ……」

女は、しどけなく乱れた髪をかきあげながら言った。

「おまえとは、これきりだ」

「え？」

女は驚いたように、男の冷たい横顔を見つめた。

「なぜです。わたくしがお嫌い？」

「いや」

「ならば、なぜ」

「おまえは、大坂あたりの富商に囲われている隠し女であろう」

「それは……」

女は口ごもった。

「おれは、おまえのことは聞かない。おまえも、おれのことなど何も知らなくていい。行きずりの男と女が一夜を楽しんだ。ただ、それだけのことだ」

愁之介と呼ばれた男はゆっくり立ち上がると、引き締まった体に小袖をまとい、細帯をしめた。

腰に刀を差し、女に背を向ける。

「男と女のあいだは、つねに一期一会《いちごいちえ》だ」

男は振り向きもせず、低く錆《さ》びた声でつぶやくように言った。

「まるで茶人のようなことをおっしゃいますのね……」

女がうつろな笑い声を上げる。

男は黙ったまま、獣のような身のこなしで縁側から飛び下り、庭の柴折戸《しおりど》を開けて霧の中へ出た。

二

女の屋敷からゆるい坂道を下っていくと、川の土手《どて》に出た。

土手の向こうに、清澄な川が流れている。

宇治川である。

名にしおう急流だけに、瀬音が高い。

男は足をとめ、秋の長雨で水嵩《みずかさ》を増した流れを眺めた。

足もとの草むらには、一面、秋の深まりを告げる紫色のりんどうが、色あざやかに咲いている。

朧愁之介《おぼろしゅうのすけ》――。

それが男の名であった。年は二十七。

長身痩軀《そうく》。唐《から》渡りの白磁《はくじ》のように青ざめた彫りの深い顔は、女心をとろかさずにはおかぬ妖《あや》しい色気が漂っている。どこか翳《かげ》りのある切れ長の目には、見るものの心を凍りつかせるような冷徹な色がひそんでいた。

愁之介は流れから顔をそむけ、足もとのりんどうを一本手折《たお》った。紫色の花を無造作にふところに投げ込むや、優美な足取りで川ぞいの土手を歩きだす。

やがて、朱塗りの橋のたもとに出た。

瀬田《せた》の唐橋《からはし》、山崎大橋と並んで、

——日本三名橋
の一つとうたわれる宇治橋である。

いつもなら、京と大和《やまと》を結ぶ交通の要衝として賑《にぎ》わう宇治橋も、早朝のせいか人気《ひとけ》がない。

愁之介は霧につつまれた橋を渡った。

橋の途中に、

——三《さん》ノ間《ま》
と呼ばれる小さな張り出しがある。張り出しには、橋を守護する橋姫の祠《ほこら》が祀《まつ》られていた。

つい先日、太閤豊臣秀吉《たいこうとよとみひでよし》はこの三ノ間から釣瓶《つるべ》で水を汲《く》み上げ、茶会に使ったという。以来、秀吉の風雅をまねてここから水を汲む者があとを絶たない。

今も、三ノ間の欄干《らんかん》には古びた釣瓶が結わえつけられている。宇治川の水を汲みに来る者のために、だれかが置いたのだろう。

愁之介は釣瓶に目をとめると、鼻の先でせせら笑った。

釣瓶にはそれきり一瞥《いちべつ》もくれず、橋姫の祠の方に近づいて、さきほど手折ったりんどうの花を祠の格子のあいだに差し込む。

やがて、古歌を小唄《こうた》風に口ずさみながら歩きだした。

〽さむしろに衣片敷き今宵《こよい》もや
我を待つらむ宇治の橋姫

錆《さ》びた声が、風にのって漂う。

と――。

橋のなかばで、愁之介はふたたび足をとめた。

霧のむこうに向かって耳を澄ます。

瀬音にまじって、何か別の音が聞こえる。

尺八《しゃくはち》の音色だった。高く低く溺々《じょうじょう》と、もの寂しい調べを響かせながらゆっくりと近づいてくる。

やがて、霧の中から人影が現れた。

墨染《すみぞ》めの衣《ころも》を身にまとった男たちであった。
五、六人いる。
男たちは、いずれも深編み笠ですっぽりと顔をおおい隠していた。

尺八を吹いているのは、先頭にいる肩の張ったがっちりした体つきの男だった。

男は愁之介の前まで来ると、尺八を吹くのをやめた。

それを合図に、ほかの連中がツツッとすばやく動き、愁之介のまわりを取り囲んだ。

「虚無僧《こむそう》か……」

行く手に立ちふさがる男たちに鋭い視線を放ちながら、愁之介はつぶやいた。

禅宗の一派、

——普化宗《ふけしゅう》
の僧侶である虚無僧は、尺八を吹きながら市中を横行する無頼の徒として知られていた。

「おれに何か用か」

愁之介の問いに、男たちは何もこたえない。

「用がないのなら通らせてもらうぞ」

愁之介が歩きだそうとしたとき、尺八を吹いていた男が口を開いた。

「盗んだものを返してもらおう」

「何のことだ」

愁之介は聞き返した。

「おとなしく返せば手荒なまねはしない」

男は凄《すご》みのきいた声で言った。

「何のことかわからんな」

「とぼけるなッ！　盗人が京へ向かったと知らせをきき、われらはこの橋のたもとでずっと待っていたのだ」

「それはご苦労なことだ」

　愁之介は、突き放すように言った。

「とにかく、返してもらうぞ」

　男はかぶっていた編み笠を取り去った。

　四十過ぎに見える。日に焼けた顔には刀傷が走り、見るからに険呑《けんのん》な顔つきをしている。

　男は愁之介の顔に視線を据えたまま、腰の刀を引き抜くと、中段に構えた。

　ほかの男たちも編み笠を投げ捨て、いっせいに刀を抜く。いずれも目付きの暗い男たちだった。

　愁之介は刀の柄《つか》に手を掛け、静かに抜き放った。

　三尺一寸五分。

　備前長船景光《びぜんおさふねかげみつ》、刀身に刻まれた竜の彫りものが、うす紫色にかすみ立つ。

　愁之介の全身から、冷たい妖気《ようき》が立ちのぼる。

　愁之介は切っ先を上に向け、右八双《みぎはっそう》に構えた。

「きさま、ただ者ではないな。あれを奪ったのは、やはりきさまにちがいない」

刀傷の男は断ずるように言った。

刹那──。

愁之介を取り巻いていた虚無僧の一人が前へ踏み出した。

「トアーッ！」

気合を発して、真向から斬りかかってくる。

愁之介は後ろへ身を引いた。切っ先をかわす。

「おのれッ」

男はすばやく刀を返し、逆袈裟《さかげさ》に斬りつけてきた。

愁之介は横に跳んだ。切っ先をやりすごしざま、相手のすねを払う。

男が悲鳴を上げ、横転する。峰打《みねう》ちだった。

「くそッ！」

虚無僧らは罵声《ばせい》を発し、つぎつぎ襲いかかってきた。

袈裟がけに斬りかかってくる刀をかいくぐり、敵のふところに飛び込んで、刀の柄で喉《のど》笛《ぶえ》を突く。

血を吐いて倒れ込んだ男の体を突き飛ばし、振り向きざま、背後から斬り下ろしてきた敵の胴を薙ぎ払う。

水が流れるような太刀さばきだった。

愁之介の呼吸は少しも乱れてはいない。こんどは刀を上段に構え、敵との間合をじりじりと詰めていく。

首領とおぼしい刀傷の男は、無言のまま、しばらく愁之介とにらみ合っていたが、形勢不利と見たのか、仲間たちに向かって、

「引けぃッ!」

と叫んだ。

手ひどい傷を負わされた虚無僧たちは、あるものは仲間の肩を借り、あるものは足をひきずりながら、ほうほうの体《てい》で逃げていく。

「これですんだと思うなよ」

刀傷の男は一瞬、愁之介をねめつけるような目つきでにらみ、霧につつまれた橋のかなたへ去っていった。

三

愁之介は目の前に刀をかざした。

すべて峰打ちにしたため、血糊《ちのり》は一滴たりともついていない。

さっと血振《ちぶ》るいしてから、備前長船景光の刀を腰の蠟色鞘《ろいろざや》におさめる。

刀をしまうと、愁之介は何事もなかったように歩きだした。

そのとき――。

「お武家さま、ちょっと、待っておくんなさい」

背後から呼びとめる者がいた。

愁之介は声のした方を振り返った。

三ノ間にある橋姫の祠の陰に、小柄な男がうずくまっている。うす汚れた木綿《もめん》の小袖に、破れかけた麻《あさ》の袴《はかま》をはいていた。

浅黒い、猿のような顔つきの男である。

「たいした腕ですね。感心しましたぜ」

ぎらぎらと底光りする目で愁之介を見上げながら、男は言った。

「あいつらが待っていたのは、おまえだったのか」

愁之介は男の顔を見て低くつぶやく。

「お察しの通りで……」

男は、ふっ、ふっと気味の悪い笑いを洩らしてから、ゆっくりと立ち上がった。ひょこひょこと、がに股《また》で歩く身のこなしまで、どことなく山猿を想わせる。

男は愁之介に近づきながら、いきなり自分のふところに手を入れた。

次の瞬間、抜く手も見せず、懐から小刀を突き出す。野走獣のような速さだった。

愁之介の左胸を狙っている。

普通の者なら、よける間もなく心臓を一突きされているところだろう。

愁之介は小刀を入《い》り身《み》でかわした。と同時に、男の手首をつかんでねじり上げる。

男の腕関節がめきめきと音をたてる。

「う、腕が折れる……。勘弁してくださいよ、だんな」

男は額に脂汗を浮かべ、哀れっぽく叫んだ。

だが、愁之介は容赦しない。

「人の命を狙っておいて、虫のいいことを言うな」

「い、いや。ちっとばかり、だんなの腕を試させてもらっただけなんですよ」

「腕を試すだと」

愁之介が聞いたとき、男はするりと手首を外し、橋の欄干のところまで跳びすさった。

「おお、痛てえ。いやはや、まったくだんなはお強い。あっしの刺刀《しとう》の術を、ああも鮮やかにかわしたのは、だんながはじめてだ」

男は腕をさすって、苦笑いした。

「………」

「あっしの目に狂いがなければ、さっきの虚無僧たちは相当な剣の使い手ばかりだったが、だんなはまるで相手にもしなかった」

男は感心したように愁之介を見た。

「だんなの剣は何流っていうんですかい」

「そんなことを聞いてどうする」

愁之介は、冷たい声で言った。切れ長な涼しい目に、警戒の色がある。

「べつに、どうってこともありゃせんが」

男は猿のような顔をくしゃくしゃにして笑った。笑うとどこか憎めない、人好きのする表情に変わった。

「おれの剣は朧流《おぼろりゅう》……」

愁之介はつぶやくように言った。

「朧流？　初めて耳にする名ですねえ」

「朧とはおれの名だ。朧流とは、おれ自身が編み出した我流《がりゅう》の剣に過ぎぬ」

「へえ、だんなは朧さまっていうんですかい。ようく覚えておきますよ。ちなみに、おれは奈良田《ならだ》ノ以蔵《いぞう》って、けちな男で」

男はにやりと笑うと、小腰をかがめて頭を下げた。

「おまえ、なぜ虚無僧などに狙われていた」

愁之介は、以蔵と名のる男を冷たく見据えて言った。

「連中は何か返せと言っていたようだが」

以蔵はしばらく黙っていたが、やがてふところに手を突っ込んだ。

「だんなの腕を試させてもらったのも、じつはこいつのためなんで」

と言いながら、以蔵がふところから取り出したのは、紫色のふくさでくるんだ長さ七寸(約二一センチ)ほどの細長い包みだった。

以蔵は包みを橋姫の祠の前に置き、両手を合わせて拝んだ。何か、よほど大切なものが入っているのだろう。

「やつらが狙っていたのは、そのふくさの中身というわけか」

愁之介は聞いた。

以蔵が無言でうなずく。

「何が入っているかは知らんが、人違いは二度とごめんだ。そいつを持って、さっさと消え去るがいい」

「冷たいことを言わないでくださいよ、朧のだんな。じつは、だんなのすご腕を見込んで、しばらくの間、こいつをあずかってもらいたいんで」

祠の前に置いた包みのほうに目をやり、以蔵は真顔で言った。

「どうにかここまではやつらの目をくらまして来たが、この先、うまく逃げ切れるかどうか自信がないんですよ」

「………」

「盗っ人の手助けなど願い下げだな」

愁之介はそっけなく言い捨てると、以蔵に背を向けて足早に橋の上を歩きだした。

その行く手に、以蔵がすばやく立ちはだかる。

「頼むから待ってください、朧のだんな。おれは、やつらから盗んだわけじゃない。やつらが盗んだものを取り返しただけなんだ」

「…………」

「とにかく、こいつは、死んでもやつらにゃ渡せねえものなんだ」

「それほど大事なものを、なぜ行きずりのおれなどにあずける」

愁之介は言った。

以蔵の抜けめなさそうな目が、ぎらりと底光りする。

「じつは、見ておりやしたんで」

「何をだ」

「だんなはさっき、橋姫の祠にりんどうの花を手向《たむ》けやしたね」

「たしかに、花は置いたが……」

「そんなことをする人間に、悪い者はおりやせん。それに、だんなはやつらを斬った。もう、あともどりはできないはずだ」

と言うと、以蔵は目を伏せた。

「おまえは何か、勘違いしているようだな。まあいい、それをあずかってどうすればいいのだ」

「今日からかっきり十日後に、おれの方から取りに参りやす」

「十日たっても、おまえが来なければ？」

「川に投げこむなり、だんなの好きにして下さっていい」

「ほんとうに、それでよいのか」

愁之介の問いに、以蔵は顎を引いて深くうなずいた。

「わかった。では、あずかっておこう。だが、無事かどうかは、わからんぞ」

「へへっ、おれはだんなを信じておりやすよ」

以蔵は祠の前から紫色のふくさ包みを拾い上げ、愁之介に差し出した。

愁之介は包みを受け取った。

「十日後、伏見《ふしみ》の舟宿船津屋《ふなつや》を訪ねるがよい。おれはそこにいる」

「伏見の船津屋ですね、わかりやした。じゃあ、頼みましたよ」

以蔵は軽く頭を下げると、四方に目を配り、身をひるがえして走り出した。

いつの間にか霧が晴れ、翠《みどり》あざやかな宇治の山々が、川の向こうにくっきりと浮かびだしていた。

黄金秘仏

一

商家の軒《のき》から吊《つ》るされた行灯《あんどん》に火《ひ》が入ると、雨があがったばかりの夕暮れの通りは、水ですすいだように美しい。

伏見船津屋――。

淀《よど》や岡屋《おかのや》あたりの川舟を一手に取りしきるこの老舗《しにせ》の舟宿は、宇治の銘茶を堺《さかい》の大店《おおだな》に運んだり、伏見に遊びにきた酔客を大坂まで送りとどけたりして、たいそうな繁盛ぶりをみせている。

その船津屋の二階に、杉や槇《まき》の古木をふんだんに使った数寄屋《すきや》造りの一室があった。床《とこ》の間には西行《さいぎょう》自筆の和歌が掛けられ、その下に、形のひしゃげた伊賀焼《いがやき》の花入れが置いてある。誰が差したのか、露をふくんだ桔梗《ききょう》の花が一輪、花入れに飾られていた。

部屋の窓べに男がすわっていた。十日あまり前、宇治橋であざやかな太刀さばきを見せた、朧愁之介《おぼろしゅうのすけ》であった。

手すりにもたれかかる愁之介の頰《ほお》を、冷たい秋風がなぶっていく。

開け放たれた窓の下には川が流れていた。

暮色につつまれはじめた川を、柴《しば》を積んだ荷舟や、人を乗せた舟がさかんに行きかっている。柳の枝が揺れる船着き場には、人待ち顔のうら若い女の姿も見えた。

伏見の町がこれほどの賑《にぎ》わいをみせはじめたのは、つい最近のことである。

天下人となった豊臣秀吉が、大坂城、淀城、聚楽第《じゅらくてい》につぎ、古来、月見の名所として名高い伏見の指月《しげつ》の岡に、伏見城を築きはじめたのは、今年の初春。

夏が終わるころには天守閣も完成して、徳川家康、前田利家《としいえ》、石田三成《みつなり》らの重臣たちも城のまわりに屋敷を構え、伏見の地に移り住みはじめた。

秀吉は城を築くとともに、街道や川の流れを変え、伏見を交通の要衝にしたてあげた。

愁之介が眺めている宇治川の流れも、秀吉によって今の場所に引き直されたものである。

愁之介は舟の明かりが蛍のように流れていく川面《かわも》から目をそらすと、窓の障子を閉め、部屋の奥に入った。

火打ち石を切って行灯に火を入れる。

部屋のなかが、急に華やいだように明るくなった。

その光を浴びて、床の間の琵琶《びわ》台《だい》の上でさんぜんと輝くものがあった。

黄金仏《おうごんぶつ》——。

それは、まぎれもなく黄金で造られた阿弥陀如来《あみだにょらい》の仏像だった。

愁之介は琵琶台の上から、黄金の阿弥陀仏を手にとってみた。

高さは七寸ばかり。全身に施された細かい細工や荘厳な顔立ちからみて、腕のいい仏師がつくったものなのだろう。じっと眺めていると、思わず引きこまれそうな魅力がある。

黄金仏は、宇治橋の上で奈良田《ならだ》ノ以蔵《いぞう》と名乗る男から託された包みの中に入っていたものだった。

だが、当の以蔵は約束の十日を過ぎても、いっこうに姿を見せようとはしない。

「死んだのか、あの男……」

愁之介は仏像を見つめたまま、つぶやいた。

行きずりの男とはいえ、あずかりものをした手前、以蔵のことが気にかかった。

愁之介は立ち上がった。

黄金仏を紫色のふくさに包んでふところに入れ、床の間に立て掛けてあった備前長船景光の大小を腰にぶち込む。

愁之介は行灯の火をふっと吹き消し、部屋をあとにした。

階段を下りて裏庭に抜けた愁之介は、木戸を開けて表通りに出た。

店の千本格子から明かりがこぼれる通りは、夜になってむしろ賑わいを増しているようだ。縄のれんのかかった一杯呑屋《のみや》から、男たちのわめき声が洩《も》れ、妓楼《ぎろう》の店先では、派手な小袖《こそで》を着た厚化粧の女たちが、道行く者の袖を引いている。

愁之介は女の誘いからすらりと身をかわし、先を急いだ。

人と食べ物の匂いに満ちた通りを抜けると、めっきり人影が少なくなる。

真新しい白塀《しらべい》の武家屋敷が立ち並ぶそのあたりは、道に清浄な白砂が撒《ま》かれ、塵《ちり》ひとつ落ちていない。

屋敷の向こうに見えるこんもりとした森が、伏見城のある指月の岡だった。黒々と沈む岡の上に、金銀をふんだんに使った五層の天守が月明かりを受けて輝いている。

武家屋敷の町並みをしばらく歩いた愁之介は、御香宮《ごこうのみや》神社のところで北へ曲がった。

道の両側には、あいかわらず武家屋敷がつづいているが、しだいに門構えも小さくなってきている。

その一角――。

とある屋敷の裏で、愁之介は立ち止まった。

あたりはちょうど、高い塀にさえぎられて月明かりも届かず、墨を塗りたくったような漆黒《しっこく》の闇に包まれている。

暗がりの奥に、木戸があった。

鍵《かぎ》がかかっていないのか、軽く押すと木戸は苦もなく開く。

愁之介は屋敷の中へ影法師のように身をすべりこませる。

こんもりとした築山《つきやま》をまわり込むと、やがて枯山水《かれさんすい》の庭園に出た。白い砂を敷きつめ、そのあいだに名石を配置した枯山水の庭は、月明かりに青白く濡《ぬ》れていた。

庭の向こうに、建物があった。

古めかしい書院造りの建物だった。どこかの古刹《こさつ》から移したものらしく、どっしりした風格をたたえている。

愁之介は、庭に面した書院の障子に明かりがともっているのを見てとると、建物の近くの植え込みに身をひそめた。

足もとの小石を拾って投げる。

小石は縁側の脇にある、水の入ったつくばいの中に落ち、水音をたてた。

細かいしぶきが縁側にかかる。

しばらくして、人影が障子を開ける。

中から出てきたのは、墨染《すみぞ》めの衣《ころも》に身をつつんだ僧形の男だった。

すでに初老の域に達している男の顔には、深い皺《しわ》が幾重にも刻まれている。

だが、単なる僧侶にしては目つきが鋭すぎた。がっちりと張った肩にも、まるで武将のような精悍《せいかん》さがみなぎっている。

男は縁側に出ると、空を見上げてつぶやいた。

「ほれぼれするような、いい月じゃな」

「雨上がりなれば、月も水に洗われたのでしょう」

植え込みの中から愁之介がこたえた。

僧形の男は空を見上げたまま、ふっと笑う。

「朧だな。まあ、上がれ」

男は声をかけると、くるりと背中を向けて部屋に戻っていく。

「では、遠慮なく。安国寺《あんこくじ》の和尚《おしょう》」

愁之介は繁みからすらりと立ち上がり、男につづいて部屋に入った。

安国寺の和尚——。

すなわち、僧侶にして伊予和気《いよわけ》郡二万三千石の大名、安国寺恵瓊《えけい》であった。

二

安国寺恵瓊は、かつて安芸《あき》安国寺の住職だった。

だが、その異才を毛利家に見込まれて登用され、毛利家の外交僧として活躍した。

ことにすぐれていたのは、人の器量をを見抜く眼力だった。織田信長が家臣の裏切りにあって本能寺に斃《たお》れるのを予言し、秀吉の天下取りもみごとに言い当てたといわれる。

恵瓊は予言したばかりでなく、陰ながら秀吉の手助けもした。そのため、秀吉が天下人になると、僧侶でありながら大名に取り立てられた。

愁之介が入り込んだのは、その安国寺恵瓊の伏見屋敷だった。

「久しぶりだな、愁之介。しばらく顔を見せなかったが、どこでどうしておった」

脇息《きょうそく》にゆったりともたれかかりながら、恵瓊が言った。言葉の端々に、気を許した者の親しみがある。おのれの才があり過ぎるゆえに、孤独になりがちな恵瓊にしては、珍しいことだった。

「たとえ和尚でも、それは言えませんな」

愁之介は、きっぱりと言った。

「そのようすでは、まだ追われておるのか」

「…………」

愁之介は陰のある笑いを頬に刻んだ。

「おやじどのさえ生きておれば、そなたも今ごろは牢人などせずにすんでいたであろうに……」

恵瓊は愁之介の彫りの深い顔をじっと見入って、ため息まじりに言った。

「さあ。それは、どうでしょうか」

と言うと、愁之介は恵瓊の視線から顔をそらし、書院の門に揺れる燭台《しょくだい》の灯に目をやった。

「はは、おやじどののことになると、そなたはいつも冷たいのう。ところで、愁之介。そなた、わしのところに仕官してみる気はないか。一国一城のあるじとまではいかぬが、そこそこの禄《ろく》は出すぞ」

恵瓊は冗談とも本気ともつかない口調で言った。その恵瓊を、愁之介は冷めた目でにらみ返し、

「心にもないことをおっしゃいますな。わたしなどを使えば、即刻、首が飛ぶことは、よくご存じのはず」

「ははは、違いない」

愁之介と恵瓊は視線を合わせ、声もなく笑った。

「して、きょうは何の用じゃ。まさか、この年寄りのところへ、月でも見に来たと言うのではあるまいな」

「似たようなものです。じつは、和尚におもしろいものをお目にかけようと思って参ったのです」

愁之介は唇の端に謎めいた微笑を浮かべて言った。

「おもしろいものというと、南蛮《なんばん》渡来の珍品でも手に入れたのか」

「さて」

と言うと、愁之介は襟《えり》の合わせ目に手を入れ、紫のふくさに包まれたものをつかみ出し

た。包みのまま、恵瓊に差し出す。

「何やら意味ありげだな」

恵瓊は笑いながら、包みを受け取った。

だが、ふくさ包みを開いていくうちに、恵瓊の顔から笑いがかき消えた。

「愁之介、これは」

光り輝く黄金仏を握りしめ、恵瓊はうめくように言った。

顔に驚愕《きょうがく》の色があらわれている。

「そなた、こんなものをどこで手に入れた」

「ある男からあずかりました」

愁之介は言った。

「あずかっただと」

「宇治橋の上で出会った男が、自分ではとても守りきれない、十日だけあずかってくれと言って、渡していきました。あの男、たしか奈良田ノ以蔵とか名乗っておりました」

「奈良田か……」

恵瓊はぽつりとつぶやいた。

「奈良田といえば甲斐《かい》の国。あの身のこなしからして、やつは甲州のスッパ（忍びの者）ではないかと……」

愁之介は声をひそめて言った。

「スッパか。何ともきな臭い匂いのする御仏《みほとけ》だな」

恵瓊は黄金仏を目の高さに持ち上げ、子細《しさい》に眺めだした。

全身が黄金で作られていることをのぞけば、なんの変哲もない阿弥陀如来像だった。頭の螺髪《らほつ》がひとつひとつ丁寧《ていねい》に細工され、衣のひだの線もじつに優美に出来ている。

仏像を撫《な》でたり裏返したりしながら、ためつすがめつ眺めていた恵瓊が、突然、

――あっ
と声を上げた。

「どうしたのです、和尚」

愁之介は思わず身を乗り出した。

恵瓊の目は、逆さにした黄金仏の、足の裏に釘《くぎ》づけになっている。

「これを見てみろ、愁之介」

恵瓊は仏像を逆さにしたまま、愁之介の目の前にかざした。

仏像の足の裏には、黄金を削って文様が刻まれていた。

「これは、花菱《はなびし》の紋では……」

愁之介は文様を見て、つぶやいた。

「その通り。花菱の紋と言えば、ほかならぬ甲斐の武田信玄の家紋だ」

「信玄の……」

「そうだ」

恵瓊はうなずいた。

「さようなものが、なぜこの仏像に刻まれているのでしょうか」

「わからん」

恵瓊は黄金仏を畳の上に置き、脇息にもたれて目をつぶった。

そのまま、じっと何かを考え込んでいるようすだったが、やがて、かっと目を見開いて愁之介を見た。

「戦国乱世のなかで最も強き武将と言われた武田信玄は、金山者《きんざんもの》を使い、甲斐の山深くに眠る金脈をつぎつぎと掘り当てたといわれる。あまりに掘りすぎたため、すでに甲斐の山には、一筋の金脈も残されていないという」

「しかし、和尚。その話とこの黄金仏のあいだに、いったいどんなかかわりがあると言うのです」

「わからぬ。だが、その仏には何か深い秘密があるようだ」

恵瓊は眉間《みけん》に深い皺を寄せた。

愁之介は黄金仏をふくさに包み、ふところにねじ込んで立ち上がった。

「どうした、愁之介」

恵瓊が愁之介を見上げる。

「やはりこの仏像、以蔵との約束どおり、川にでも投げ込むことにします」

「それがいいだろう。これ以上かかわり合えば、そなたの身にも災いが降りかかるかもしれぬ」

恵瓊の言葉に、愁之介は皮肉な笑みを浮かべた。

三

裏口の木戸をくぐって、恵瓊の屋敷を出た愁之介は、暗い夜の道を歩き出した。

すでに、通りに人影はない。

愁之介は歩きながら、ふと、空を見上げた。西の山に傾いた月は、すでに山の端《は》に隠れ、夜空を埋めつくした星が哀《かな》しげにまたたいている。

御香宮神社のところまで来たとき、愁之介はふと、立ち止まった。

どこからともなく、笛の音《ね》が聞こえる。

何という曲か知らないが、高貴で典雅な、それでいてどこかもの哀しい調べだった。

静かに耳を傾けていると、胸の奥まで揺さぶられそうな、不思議な音色《ねいろ》だった。

しばらく、道に立ちつくして笛の音に聞きほれていた愁之介は、音に誘われるように、藪椿《やぶつばき》の木に囲まれた小道を通り、神社の境内《けいだい》に入っていった。

　神社の境内は、ひっそりと静まりかえっている。

　檜皮葺《ひわだぶき》の古風な拝殿《はいでん》の奥に、本殿が鎮座《ちんざ》していた。

　愁之介は横笛の音をたどって、拝殿の裏手にまわり込み、あたりを見回した。笛の音は、たしかにすぐ近くから響いてくる。

　木立の陰から笛の主があらわれた。

　女だった。

　それも、まだうら若い。背筋がぞくりとするほどの美女であった。

　女は愁之介の姿を見ると、口から横笛を離し、ふっと笑って軽く頭を下げた。

　透きとおるような白い頬に、つややかな黒髪がはらりと乱れかかる。椿の花のような赤い唇《くちびる》が、夜目にもなまめかしかった。

「邪魔《じゃま》をする気はなかった。おれに構わず、吹きつづけてくれ」

　愁之介は女に向かって言った。

「ほほ。わたくしの笛は、人さまにお聞かせするほどのものではございませぬ。まして、あなたさまのような美しい殿方のお耳を汚すなど……」

　女は小袖の袂《たもと》で口もとを押さえ、妖艶《ようえん》に笑ってみせた。

　愁之介がじっと立ちつくしていると、女は金襴《きんらん》の細帯のあいだに笛を差し込み、ゆっくりと近づいてきた。

小袖に香《こう》がたきしめてあるのか、女の体からは、えもいわれぬ匂いが漂う。
二、三歩手前まで来たとき、女は石につまずいたふりをして、肩にしなだれかかってきた。
そのまま愁之介の耳に甘い息を吹きかけながら、そっとささやく。

「お武家さまは、奈良田ノ以蔵をご存じでしょう」

(この女、以蔵を知っているのか……)

愁之介は表情を変えた。

「ほほほ、そんなに怖い顔をなさらないでくださいませ。じつはわたくし、以蔵どのに頼まれてあなたさまをお探ししていたのです」

「以蔵に頼まれただと」

「はい。以蔵どのがお待ちしておりますゆえ、どうぞ、わたくしについていらして」

女はかすかに笑い、愁之介に背を向けて歩き出した。愁之介は女に言われるまま、黙ってそのあとにつづいた。

境内を抜けると、女は愁之介がやってきたのとは反対側の小道から神社の外へ出た。

道をへだてて、ひときわ高い白塀がそびえている。そのあたりは秀吉の甥《おい》、大和大納言《やまとだいなごん》秀保《ひでやす》の屋敷だった。

女は秀保屋敷の塀にそってまっすぐ進み、鍋島《なべしま》邸とのあいだの小路を西へ折れてから、さらに足を早めた。

右手に、伏見城の北の端を限る空堀《からぼり》があらわれる。堀をへだてて、城の白塀や櫓《やぐら》が黒々とした夜の闇に浮かんで見えた。

塀から離れてしばらく行くと、つまさき上がりの急な坂道になった。

「まだか」

愁之介がきくと、

「もう少しでございます」

女は後ろを振り返って、あだっぽく微笑《ほほえ》んだ。汗をかいたせいか、たきしめた香の匂いがいっそう強く薫《かお》り立つ。

やがて、坂道は暗い杉の木立の中へと入っていく。

女は木々のあいだを通り抜け、一軒のあずまやの前で、ようやく立ち止まった。

それは、板屋根の上に石をのせた粗末な小屋だった。何かの作業小屋なのか、軒下には薪《まき》がうずたかく積み上げてあった。

女はきゃしゃな手で、破れかけた板戸をこつこつとたたく。二度、さらに一度。そして、最後に三回たたく。

ややあって、内側から扉の閂《かんぬき》をはずす音がした。

──ギイー。

鈍い音をたてて、観音開きの板戸がわずかに開く。

中は明かりが灯《とも》っているらしく、開いた戸の隙間からかすかに光が洩《も》れてくる。

「どうぞお入りくださいませ」

女は戸口に立って愁之介を手招きした。

女にうながされ、小屋の中へ一歩足を踏み入れた愁之介は、次の瞬間、後ろへ大きく飛びすさっていた。

愁之介が消え去った空間を、銀色のきらめきが流星のように横切る。

槍《やり》の穂先だった。

板戸のすきまから突き出された槍は、目標を失って、むなしく引き戻される。

穂先が引っ込むと同時に、扉を荒々しく開け放って男が飛び出してきた。

その悪相に見覚えがあった。

額に刻まれた傷は、宇治橋で愁之介を襲った虚無僧の首領のものだった。

男は槍の穂先を愁之介の胸もとにつきつけ、冷酷な色をたたえた双眸《そうぼう》でじっと見据えると、あざけるように笑い出した。

「ははは、ばかな男だ。女の色香《いろか》に迷って、みすみす罠《わな》にはまるとはな」

「色香に迷ったわけではない。その女が以蔵の仲間でないことなど、最初からわかっていた」

「負け惜しみを言うな。女に迷ったのでないなら、なぜ、こんな場所までついてきた」

男はあざけるように言った。

「笛の音に魅《ひ》かれただけだ」

愁之介は虚無僧の首領の背後にいる女の目をじっと見つめた。女は硬い表情になって、一、二歩あとじさる。

「笛の音だと。ねぼけたことを言うな」

男は顔をゆがめ、さっと手を振った。

杉林のなかの下草が揺れ、編み笠をかぶった虚無僧が、いっせいに立ち上がる。

ざっと数えて二十人はいるだろう。

しかも、男たちは手に手に、火縄銃《ひなわじゅう》を握っていた。

「飛び道具か……」

低くつぶやく愁之介の額に、冷や汗が浮かんだ。いかにすぐれた剣の使い手とはいえ、火縄銃に囲まれては、とうてい勝ち目はない。

「おまえも少しは腕が立つようだが、今度はこの前のようなわけにはいかんぞ。命が惜しければ、黄金仏を渡すことだな」

首領は勝ち誇ったように言った。

「奈良田ノ以蔵はどうしたのだ」

「以蔵か。あいつなら、とっくの昔にわれわれの手に落ちている。きつく締め上げたら、おまえのことも素直に吐いてくれたぞ」

「そうか……」

愁之介は眉をひそめ、苦い顔をした。

そのあいだにも、火縄銃を持った男たちはじりじりと迫ってくる。

「わかった。仏像は渡してやってもいい」

愁之介は言った。

「なかなか、ものわかりがいいな。やはり命は惜しいものとみえる」

虚無僧の首領はにやりと笑って、目の底をぎらつかせた。

愁之介は懐に入れた手を、ふと止め、

「渡す前に、一つだけ聞いておきたいことがある」

「何だ」

「おまえたちはなぜ、黄金仏を執拗《しつよう》に狙う。何か理由《わけ》でもあるのか」

「つべこべ言わずに、さっさと黄金仏を渡せッ」

男は言葉を荒げた。

「………」

愁之介は黙って、ふところに手を入れた。
次の瞬間、愁之介の体はしなやかに動いていた。

四

槍の穂先をかいくぐって、愁之介は首領のふところに飛び込んだ。刀の柄頭《つかがしら》で、男の鳩尾《みぞおち》をえぐる。

うっと、うめいて首領がかがみ込んだ隙に、後ろに立っていた女の手首をつかみ、そのまま、開け放たれた戸口から小屋の中へ転がり込んだ。

床に倒れると同時に、背後で火縄銃が炸裂《さくれつ》する。

かわいた銃声は一発しか響かなかった。どうやら、ほかの男たちは、首領に当たることを恐れて撃たなかったようだ。

床に転がった愁之介は、すぐさま身を起こすと、板戸をしめて内側から閂《かんぬき》をかけた。戸口の陰に身をひそめ、板壁の破れ目から外のようすをうかがう。

小屋の周囲を男たちが走りまわっている。大声でののしり合う声も聞こえた。

「あんた、わたしを盾《たて》にする気」

愁之介が引きずり込んだ女が顔を引きつらせた。

「そんなことしたってむだよ。あいつらはわたしがいても撃ってくる」

「そうかもしれんな」

愁之介は戸外に目をやったまま、醒めた声で言った。冷たい横顔に、小屋の高窓から洩れた月明かりが差している。

「あんた、怖くないの。まわりはすっかり囲まれてるのよ」

女はかん高い声で叫んだ。

愁之介は何も言わずに後ろを振り向くと、小屋の中を鋭い目つきで見回した。

そこは農家の納屋《なや》らしく、埃《ほこり》をかぶった篩《ふるい》や箕《み》、石臼《いしうす》などが雑然と転がっていた。

愁之介は立ち上がって、小屋の中のものをひとつひとつ調べだした。刃のこぼれた長鎌《ながかま》、蜘蛛《くも》の巣《す》のはった荷車《にぐるま》、どれも役にたちそうにない。

やがて、愁之介は小屋の壁ぎわに積み上げられている古びた樽《たる》の山に目をとめた。

樽の上にかぶっていた筵《むしろ》をはぎ取り、栓《せん》をぬいて匂いをかいでみる。

「菜種油《なたねあぶら》か……」

愁之介の目がぎらりと光った。

そのとき、すさまじい轟音《ごうおん》が響きわたり、小屋全体がぐらぐらと揺れ動いた。鉄砲の音ではなかった。

轟音は二度、三度、小屋を襲った。

低い音が響くたびに、小屋の板戸がばりばりと破れていく。

「やつら、丸太で板戸を打ち破る気だな」

愁之介は冷静な顔でつぶやくと、小屋の隅にあった荷車を引きずりだしてきた。

「いいかげん、悪あがきはやめることね。今のうちなら、命くらいは助けてくれるかもしれない。どう、わたしが先に出て行って、やつらに頼んでみてもいいのよ」

後ろから、女がこびるように話しかけてくる。

愁之介は取り合わなかった。

床に散らばっている藁《わら》の束を拾い集めて荷車にのせると、その上から、樽のなかに入っていた菜種油をぶちまける。

愁之介は身をひるがえし、壁ぎわに置かれた、火のついた灯明皿を手に取った。

――ドーン。

ふたたび、轟音が鳴り響いた。

愁之介がかけた閂があっけなくはじけ飛び、板戸を破って丸太が侵入してきた。

「扉が開《あ》いたぞッ!」

「やろう、蜂《はち》の巣にしてくれる!」

敵の怒声《どせい》が小屋の入り口に殺到した瞬間、愁之介は荷車の上の藁束に灯明皿を落とした。

油に濡れた藁束が、赤い炎を上げ、一気に燃え上がる。

愁之介は戸口に向かって、荷車を蹴《け》った。

火の粉を散らす車が、虚無僧たちを正面から襲った。

悲鳴を上げて後ろへ飛び下がる者、何が起こったのかわからず、呆然《ぼうぜん》と立ちつくす者もいる。

逃げ遅れて火に巻かれた男たちの火縄銃が暴発した。

あたりは、にわかに騒然とする。

愁之介は敵の混乱を見てとると、腰の刀を引き抜いた。

敵の打ち破った板戸の破れ目から外に身を躍らせた。

手近にいた虚無僧をたたき斬る。返す刀で、隣の男の胸を逆袈裟に斬り上げた。

愁之介の姿に気づいた男が、あわてて火縄銃を撃とうとするが、狙いが定まらない。

愁之介はすばやく踏み込んで、火縄銃を持つ手を斬り払った。銃を握ったままの手が、地面に転がる。

正面の敵を袈裟がけに斬り捨てた。斜め前から突っ込んでくる男の胴を薙《な》ぎ払う。

「ウォー」

とわめきながら背中につかみかかってきた男を、愁之介は振り向きざま、肩口から斬り下ろした。

男の肩がざくろのように割れ、派手な血煙が舞い上がる。

愁之介の鬼神のような強さに、敵はすっかりおじけづいた。つぎつぎと武器を投げ捨て逃げ去っていく。

「逃げるなッ！　戦え、残って戦えッ！」

虚無僧の首領が大声でわめいた。

だが、わずかに踏みとどまった連中も、愁之介の白刃の前に斃《たお》れていく。

あとに残ったのは、額に傷のある首領だけだった。

首領は愁之介に向かって槍を構えた。だが、槍を握る手が細かく震えている。

「ぎゃろうッ！」

首領は奇声を発し、槍を突き出してしゃにむに突っ込んできた。

愁之介は、さっと横へ身をかわしざま太刀を一閃《いっせん》させた。あざやかにひらめいた備前長船景光が、槍の穂先を一瞬のうちに斬り落とす。

首領は槍の柄《え》を投げすてた。

腰の小太刀を抜く。

「きさまーッ！」

斬りかかってくる敵の胴を、愁之介は一刀のもとに斬り捨てた。

虚無僧の首領は、ねじれるようにどっと前のめりに倒れた。

愁之介はさっと血振るいして、刀を鞘《さや》におさめた。

小屋へもどると、戸口の陰で、女が顔を青くしてぶるぶる震えていた。腰を抜かしたのか、立ち上がることも出来ないようだった。

「心配するな、おれは女は手にかけない」

愁之介は女の肩を引き寄せ、耳もとでささやいた。

「やつらの根城はどこにある」

「……………」

「言わぬか」

「水無瀬《みなせ》の苅萱《かるかや》屋敷……」

力ない声で女はこたえた。

「苅萱屋敷か……」

愁之介はつぶやくと、女を離して小屋をあとにした。

苅萱屋敷《かるかややしき》

一

淀川《よどがわ》べりの水無瀬《みなせ》の里は、秋になるとすすきの穂が光って乱れ、その美しさはたとえようがない。かつて、後鳥羽院《ごとばいん》も水無瀬の風光を愛し、離宮《りきゅう》を築いている。

風に吹かれて波のように揺れる茅《かや》原のなかに、小さな丘があった。

——苅萱屋敷《かるかややしき》

丘のうえにある数寄屋《すきや》造りの建物を、土地の者はそう呼んでいた。

隠岐《おき》に流されて悶死《もんし》した後鳥羽院の恨《うら》みがこもっているわけでもなかろうが、その屋敷の持主は合戦で討ち死にしたり、狂死したりといった不幸に見舞われ、何度も人手に渡った。

近ごろでは、不吉な噂《うわさ》の絶えないこの屋敷を恐れ、めったに寄りつく者もないという。

その苅萱屋敷の一室——。

四方を荒壁で塗り固めた部屋は、昼だというのにうす暗かった。壁の高みに開いた小窓から洩《も》れるわずかな光だけが、がらんとした部屋をぼんやり照らしている。

部屋の奥にもうけられた神棚《かみだな》には、古びた摩利支天《まりしてん》の像が祀《まつ》られていた。

冷たい板敷きの床は、ところどころ、色変わりして染《し》みになっている。人の汗や血が染み込んだ跡であった。

部屋はどうやら、剣術の道場であるらしい。

その道場の真ん中に、全裸の女が腹ばいになっていた。

女は手足を床について、豊満な尻を後ろに突き出している。まるで、犬か猫のような格好だった。

女のすぐ横には、鞭《むち》のように引き締まった体つきの、壮年の男が立っていた。男の方も下帯《したおび》ひとつ締めただけの裸体だった。

うすい口髭《くちひげ》を生やした男は、右手に棒を持っている。割った竹を鹿革《しかがわ》でつつんだ袋竹刀《ふくろしない》だった。

男は竹刀で、女の乳房を撫《な》でていた。

竹刀が動くたびに、女はぴくりと体を震わせる。

やがて、それを繰り返すうちに、女の口から甘い吐息が洩れはじめた。

男は竹刀を女の体から離し、摩利支天の神棚の方へ歩いていった。

神棚の下の壁ぎわには、古色を帯びた備前焼《びぜんやき》の大壺《つぼ》が置かれている。男はその蓋《ふた》をあけ、大壺の中へ竹刀の先をぶち込む。

なかばまで入れてから取り出すと、竹刀の先から、透明な液が床板にだらりとしたたり落ちた。

しんと静まり返った道場の中に淫《みだ》らな匂いがたちこめる。

香油《こうゆ》の匂いだった。

男は女のところに戻ってくると、香油でぬらぬらと濡《ぬ》れた竹刀を、女の背中の上にかざした。

竹刀の先から、香油が尾を引いて垂れる。

なめらかな背中のくぼみに香油がたまり、脇腹をつたって臍《へそ》の下へと流れ落ちていく。

冷たい香油を浴びた女は、ああっと唇から声を洩らした。

男は竹刀の先で、ほっそりした女の首筋をなぞりはじめた。ざらざらした鹿革の竹刀の感触と、香油のぬめりが快感をもたらすのか、女は身をよじって歓喜の声を上げる。

薄く毛の生えた脇の下、たわわに実った乳房、形のいい尻のあいだを竹刀の先がなぞっていく。

女の全身は、しだいに香油で濡れ輝いてきた。

「あれが欲しいか」

のたうちまわる女を冷たく見下ろして、男が聞いた。

「はい。欲しゅうございます」

女は這いつくばったまま、嬉しそうに声を上げる。男はにやりと笑って、袋竹刀を床の上に投げ捨てた。

ふたたび神棚の下へ行き、壁に立てかけてあった木刀を手に取る。袋竹刀より二倍は太く、しかも、先端に節くれだったイボが盛り上がっていた。

男はそれを備前焼の壺に浸し、香油をしたたらせながら女のもとに戻ってくる。

「さあ、こいつをなめろ」

女の鼻先へ木刀をつき出し、男は命じるように言った。

女は舌の先で、節くれだった木刀をなめまわしはじめた。醜く突き出たイボを、いとおしむようにたんねんになめていく。

女の白い頬《ほお》が、しだいに紅潮してきた。

男は唾液《だえき》と香油がからみついた木刀を持ち、女の後ろへまわる。

ごつごつした木刀で、女の秘所を撫で上げた。そこはすでに、女の蜜で濡れそぼっている。

男は淫靡《いんび》な笑いを浮かべ、木刀の先端を女の秘所に突き入れた。

女は狂ったように髪を振り乱し、声にならない奇声を張り上げる。

細く吊り上がった男の目に、情欲の炎がたぎりたった。女の秘所から木刀を抜き取ると、下帯を荒々しく脱ぎ捨て、今度は女を仰《あお》向けにさせる。

「ほしいか」

「は、はい」

木刀よりもさらに太い、男自身の黒々と光るもので、一気に貫く。

「もっと、ああもっと……」

女はさらに貪欲に、男の腰に足をからめてきた。

「ふふ、もっと感じたいか」

「はい……」

「いいだろう、すぐに極楽へ送ってやるぞ」

男は腰を動かしながら、筋肉質の腕で女の細首を締め上げた。

めきめきと首の骨がへし折れる。

大きく見開かれた女の目の中に、恍惚《こうこつ》と恐怖が入りまじったどす黒い炎が浮かんでいた。

二

そのとき、道場の板戸の陰から、長身の男が静かに離れた。

茹萱屋敷に忍び込んだ、朧愁之介《おぼろしゅうのすけ》であった。

「狂っている……」

そうつぶやくと、愁之介は、人気《ひとけ》のない廊下を静かに歩き出した。

茹萱屋敷の廊下は、きれいに柾目《まさめ》の通った杉の板で出来ていた。よく磨き上げられた廊下の上に、愁之介の姿が映し出される。

しばらく行ったところで、廊下の反対側から、人の足音が響いていた。

愁之介は廊下の脇の襖《ふすま》を開け、そこに人影がないのを確かめると、部屋の中へ身をすべり込ませた。

急ぎ足でやってきた足音は、襖一枚へだてた愁之介のすぐ横を、床を踏みならして通り過ぎていく。

愁之介は襖を細めに開けて、足音の行方を目で追った。

さっきまで愁之介が立っていた道場の板戸の外に、虚無僧《こむそう》が三人立っていた。虚無僧は戸口の前でひざまずくと、道場の中に声をかける。

「百鬼斎《ひやつきさい》さま、入ってもよろしいでしょうか」

中からの返事は聞こえなかったが、男たちは一礼して道場へ入っていった。女を犯していた道場の男は、百鬼斎というらしい。

虚無僧は、百鬼斎の血なまぐさい快楽の後始末をつけるために現れたようである。

愁之介は男たちが道場へ入った隙に廊下へ出ると、屋敷の奥深くへ進んだ。

長い廊下を右へ曲がった。行く手が急に明るくなる。

中庭に出た。

さまざまな形の奇岩が、折り重なるように配された庭の真ん中には、蘇鉄《そてつ》がつやつやと葉を広げていた。

中庭の周囲は廊下でかこまれている。

愁之介はあたりを注意深く見渡しながら、中庭に面した廊下を歩き出した。

廊下の左手は畳の敷かれた入側《いりがわ》になっていて、その奥に部屋があった。

何代も前の持主が女人のために造ったのだろうか、部屋の欄間《らんま》は細かい桜の透かし彫りがほどこされ、襖にはあでやかな梅の図が描かれている。

愁之介は、襖を開けて座敷の中へ足を踏み入れた。

八畳敷の部屋のなかは、うす暗かった。

飾り気のない数寄屋造りの座敷で、床の間にさりげなく活《い》けられた白菊だけが、部屋に華やぎをそえていた。

次の部屋へいこうとして、愁之介はふと足を止めた。妙な物音が聞こえたのだ。

しばらく耳を澄ましていた愁之介は、しゃがみ込んで畳に耳を近づけた。

――コツコツ
音は部屋の床下から聞こえてきた。

まるで、石か何かで壁をたたいているような音だった。

愁之介は刀の鞘《さや》から小柄《こづか》を抜くと、畳の端《はし》につき立てて、ぐいと持ち上げた。下から聞こえる音が、急に大きくなる。

畳の下は板敷きになっていた。

よく見ると、その板敷きには四角い切れ目が入っていて、端の方に取っ手がついていた。

愁之介は小柄の尻で板敷きをたたいてみた。

そのとたん、下の物音はぱっとやんだ。

「誰かいるのか」

愁之介は床下に向かって問いかけてみた。だが、返事はない。

ややあって、壁を打つような物音がふたたび聞こえてきた。思いなしか、さっきより音が高くなったようだ。

愁之介は取っ手に手をかけ、床板を力まかせに引き上げた。

扉が開くと、中から湿っぽくカビ臭い空気が漂い出てきた。

体をかがめて床下をのぞく。

下は地下牢《ろう》になっているらしく、木のはしごが、墨を塗りたくったような闇の中へ延びている。

「そこにいるのは、奈良田《ならだ》ノ以蔵《いぞう》か」

愁之介は、地下牢に向かって声をかけた。

相変わらず返事はない。だが、愁之介の問いに答えるように、コツコツと壁をたたく音が返ってきた。

愁之介は地下へと延びたはしごに足を乗せた。

一歩一歩、足もとを確かめながら降りていく。

やがて下まで達したが、明かりがないので中のようすがわからない。

愁之介は壁をたたく音を頼りに、手探りで地下牢の奥へと進んでいく。

闇に目が慣れてくると、暗がりの中に、男が転がっているのが見えた。口に猿轡《さるぐつわ》をかまされ、後ろ手に縛り上げられている。男は足で壁を蹴っていた。

愁之介は男に駆け寄ると、手を縛っていた縄を小柄で切り裂き、口の猿轡をはずしてやった。

「朧のだんなですかい」

男の問いに、愁之介は暗闇の中でうなずいた。

男はやはり、奈良田ノ以蔵だった。

よほど長く閉じ込められていたのだろうか、声に力がない。

「それにしても、だんなはどうしてここへ」

以蔵は縛られていた手首をさすりながら聞いた。

「黄金仏《おうごんぶつ》が導いてくれたのよ」

愁之介は醒《さ》めた声で言った。

「黄金仏の導きですかい……。それで、その黄金仏は今どこに」

「心配するな。やつらの手には渡っていない。行きがかり上、わたしがまだ持っている」

「そいつは、ありがてえ。礼を言いますぜ、だんな」

以蔵は腰をかがめて頭を下げた。

「それより、以蔵。なぜだ」

「何のことでしょうか」

「この屋敷の連中は、なんのために血眼《ちまなこ》になって黄金仏を探している」

以蔵はしばらく無言で愁之介の顔を見つめていたが、やがて意を決したように口を開いた。

「じつは、あの仏像はもともと、あっしの故郷、甲斐《かい》の奈良田の御堂《みどう》にあったものなんです。それをやつらが奪っていったというわけで」

「なぜ、そんなことを」

「それは……」

と言いかけ、以蔵は急に黙り込んだ。

「どうした、以蔵」

「誰かこっちへ歩いてきやすぜ」

以蔵は不安げに上を見上げた。

三

愁之介は耳を澄ました。たしかに足音がする。

「一人のようだな」

愁之介は暗闇の中で以蔵を見た。

以蔵は黙ってうなずく。

二人は目を見合わせると、はしごの陰の暗がりへ身をひそめた。

やがて、足音が近づき、地下牢の入り口から、虚無僧が顔をつき出した。

部屋の襖が開けっ放しになっていたのを見て、不審に思い、調べに来たのだろう。

男は首を伸ばして地下牢を見回していたが、やがて、はしご段をつたって地下牢へ下りてくる。

男が一、二歩下りてきたところで、愁之介ははしごの陰から身を躍らせた。手刀《しゅとう》で男の足を払う。

男は態勢を崩して、はしご段から転落する。

男の体が床に当たる鈍い音がして、動かなくなった。

「うまくいきましたね、だんな」

以蔵がにやりと笑った。

「こんな場所に長居は無用だ。外へ出るぞ」

愁之介はそう言うと、はしごを上って地下牢を抜け出した。後ろから、以蔵がついてくる。

愁之介は、中庭に面した廊下に出て左右を見わたした。

「どっちへ行けばいいんですかい」

以蔵が、愁之介を上目づかいに見て言った。

愁之介は、こっちだと手で合図を送り、自分が侵入してきた方向に歩き出した。

そのとき、廊下の向こうから、走ってくる足音が聞こえた。かなりの人数だ。

「どうやら、さっきの騒ぎを感づかれちまったらしいですぜ」

「そのようだな」

愁之介の表情は、冷たいまでに落ち着いている。

「ここはひとまず、二手に分かれたほうがいいだろう。おれはこのまま廊下を突っ切って、斬り抜ける。お前は、おれが敵を引きつけている隙に逃げろ」

愁之介は言った。

「命があったら、またお会いしやしょうぜ」

以蔵は廊下の反対側へ走り去った。

そのとき、敵が中庭になだれ込んできた。

先頭にいた虚無僧が、愁之介の顔を見て声を上げた。

「こいつッ！　伏見で首領を手にかけた侍だ」

集まってきた男たちが、殺気立った。つぎつぎと刀を抜く。

愁之介は刀の柄に手を置いた。

とたん、虚無僧が突きかかってきた。喉《のど》を狙って突き出された太刀《たち》を見切って体を沈め、切っ先をかわす。かわしながら、すばやく刀を抜いた愁之介は、正面にいた敵の小手《こて》を斬り上げる。

男は、

――ギャッ
と叫んで太刀を取り落とす。

敵がひるんだ隙に、愁之介は身をひるがえした。中庭を突っきり、反対側の廊下へ駆け上がる。

虚無僧たちは、すぐにあとを追ってきた。

愁之介は廊下を走った。曲り角をいくつも曲がり、出口を探す。

やがて、廊下は一枚の杉戸の前で行き止まりになった。

愁之介は杉戸を開けて奥へ進もうとした。が、扉は開かない。男たちの足音が間近に迫ってきた。

愁之介は杉戸を蹴倒《けたお》して中へ飛び込んだ。

杉戸の向こうは、仏間《ぶつま》になっていた。

黒檀《こくたん》を使った仏壇の前を横切って、左手の襖を開けると、明るい部屋に出た。

そこは、書院だった。

三十畳はゆうにある。

南に向いた広い縁側から、透き通った秋の日差しが差し込んでいる。

格天井《ごうてんじょう》の一枚一枚に色あざやかな絵が描かれていた。王朝貴族を描いた絵の横には、それぞれ、流麗な筆で和歌が書きそえられている。

小野小町《おののこまち》
在原業平《ありわらのなりひら》
などを描いた、三十六歌仙《さんじゅうろつかせん》の絵であるらしい。

縁側の向こうは断崖《だんがい》になっていて、すすきのしげる広大な茅原《かや》や、淀川の青い流れが見下ろせ、さらに遠く生駒《いこま》の山並みがかすんで見えた。

部屋のなかに足を踏み入れたとき、愁之介は背後に異様な気配を感じた。

背筋から水を浴びせられるような、ぞっとする気配だった。それは、人のものと言うより、幽冥《ゆうめい》の世界にすむ者が発する感触に近い。

愁之介は振り返った。

黒い絹の小袖の上に同じ色の羽織を着た男が、口髭を撫でながらゆっくりと書院に入ってきた。

細く吊り上がった目で愁之介を見てにやりと笑う。

邪悪な、陰のある笑いだった。

剣術の道場で女をむごたらしく殺した、百鬼斎とよばれる男であった。

四

「飛んで火に入る夏の虫とはこのことだ」

百鬼斎は頬を醜くゆがめて言った。

「黄金仏を持っている張本人が、みずから飛び込んでくるとはな」

「虚無僧を使って仏像を探させていたのは、きさまか」

愁之介は男を鋭く見つめた。

「あいにくだが、おれではない。おれは、ただ雇われているだけだ。あんな仏になど、興味はないわ」

「では、おまえの雇い主はいったい誰だ。なぜ黄金仏を執拗《しつよう》に狙う」

「そんなことは知らん。おれは、金と女さえ十分にあてがわれれば、雇い主のことはとやかく詮索《せんさく》しないことにしているのでな」

百鬼斎は口もとに淫猥《いんわい》な笑いを刻んで言った。

「どうしても教えたくないと言うのなら、この剣に聞いてもらうしかないだろう」

愁之介は腰の刀を抜きはなった。三尺一寸五分、備前長船景光《びぜんおさふねかげみつ》が光る。

愁之介は太刀を地ずりに構えると、相手との間合《まあい》をツツと詰めた。

が、百鬼斎は動かない。

不気味に笑いつつ立っているだけである。腰の刀には、手をかけようともしない。さきほど、全身から発していた恐ろしいほどの殺気も、すっかり消え失《う》せている。

「なぜ、刀を抜かぬ」

太刀を油断なく構えたまま、愁之介が言った。

「おまえごときを倒すのに、刀などいらぬからよ」

百鬼斎は後ろに身を引いた。

書院の隣の仏間に入ると、仏壇の中央に置かれた香炉《こうろ》に手をかけ、それを右へねじる。

――ガタン

屋敷のどこかで、何かが動くような音がした。つづいて、ギイーッという重い木の軋《きし》みがする。

金具で吊り上げていた縁側の雨戸が、突如、ばたばたと落ちてくる。

書院の中が急に暗くなった。

「ふふふ……。この苅萱《かるかや》屋敷の恐ろしさを、たっぷりと味わうがいい」

百鬼斎は目を残忍な色に光らせて言った。

「それはどういうことだッ！」

叫びながら、愁之介は百鬼斎の方へ一歩、足を踏み出す。

とたん、畳の合わせ目を破って槍の穂先が突き出てきた。

愁之介は辛くも逃れ、とっさに後ろへ飛びのいた。だが着地した足もとから、ふたたび槍の穂先が襲いかかる。

すんでのところで、横へ転がってかわすが、茄子紺《なすこん》の小袖《こそで》の裾《すそ》が穂先につかまり、わずかに切り裂かれた。

穂先が次から次へと伸びてくる。

愁之介は転がった。が、しだいに追いつめられていく。

畳から突き出た槍が、牢獄のように周囲を取りかこみ、やがて、愁之介は部屋の中央でまったく動きが取れなくなった。

「いいざまだな」

隣の仏間で様子を見ていた百鬼斎が、あざけるように笑う。

「だが、これで終わりだと思うなよ」

にやにや笑い、百鬼斎は仏壇の香炉を今度は左に回した。

愁之介を取り巻いていた槍の穂先がつぎつぎと畳の中に沈んでいく。部屋の中はもとの静けさを取り戻した。

次の瞬間、書院の障子《しょうじ》が音をたてて滑り、端のほうから閉まっていく。やがて部屋を囲む障子はすべて閉じられた。

仏間へ通じる障子に、百鬼斎の黒い影が映る。

愁之介は座敷をつっ走り、その影に向かって真っ向から斬りつけた。

ガッという鈍い音がして、刃がはねとばされる。

「ふふふ……」

小気味よさそうな笑いが響き渡る。

「そんなことをしても無駄だ。この部屋の障子の桟《さん》は、すべて鉄でできている」

「なにッ!」

愁之介は刀を引いて、障子の桟を見た。

表面に木のような色が塗ってあったが、愁之介の斬りつけた跡から、鉄の地肌がのぞいている。

「さあ、これでとどめだ」

障子の向こう側で、百鬼斎が言った。

と同時に、取っ手を引く音がした。

――ゴ、ゴ、ゴ……。

屋敷の床下で歯車でも回っているのだろうか、地鳴りのような凄《すさ》まじい音が響いてくる。

愁之介は頭上を見上げた。

天井に描かれた華麗な三十六歌仙の絵が、不気味な音とともに、ゆっくりと下がってくる。

愁之介は天井の動きに気をくばりながら、鉄の障子に駆け寄った。

腰の小柄《こづか》を抜くと、鉄の障子と柱の隙間に切っ先をこじ入れた。渾身《こんしん》の力でねじる。

だが、鉄の障子はびくともしない。

天井が徐々に近づいてくる。

十二単衣《じゅうにひとえ》を着た小野小町の顔が、愁之介をあざわらうように迫る。

愁之介は障子から離れ、すばやくあたりを見回した。

書院の中には、天井の動きをくい止めてくれそうなものはない。

(どうする……)

一瞬、立ちつくしていた愁之介の目が光った。

小柄を足もとの畳に突き刺す。そのまま畳を持ち上げ、背後に放り出した。

小走りに横へ動き、隣の畳も放り上げる。愁之介は同じことを十数回、繰り返した。

たちまち、小高い畳の山が出来る。

その間にも天井は下がりつづける。

愁之介は、積み上げた畳のかげに身を伏せた。

轟音《ごうおん》が響いて、天井の動きが止まる。

愁之介が築いた畳の山が、天井を支えていた。

やがて、部屋を閉ざしていた鉄の障子が、音をたてていっせいに開きはじめた。

愁之介は、天井と畳の間のわずかな空間を這いずり、明るい日差しが降りそそぐ縁側へ出た。

目の前に百鬼斎が立っていた。

「小癪《こしゃく》なまねをしおって。だが、おまえもこれで終わりだ」

冷酷な色をたたえた目で愁之介をにらむと、百鬼斎は縁側の手すりにつき出た突起を手で引いた。

その瞬間――。

足もとの床が大きく割れた。

逃げるひまもなかった。
愁之介の体は底知れぬ暗い穴の中に落下していった。

影の灯火《ともしび》

一

澄んだ初秋の日差しが軽い眠りを誘う午下《ひる》がり――。

一艘《そう》の屋形舟《やかたぶね》がのんびりと水路を進んでいた。

水路のまわりのネギ畑の上には、真っ赤なアキアカネの群れが飛んでいる。

北河内《きたかわち》の平野は風もなく、穏やかに晴れわたっていた。舟の櫓《ろ》を漕《こ》ぐもの憂い音だけが、あたりの静寂《せいじゃく》に吸い込まれていく。

屋形舟は畑のあいだを進み、やがて、葦《あし》におおわれた岸辺にゆっくりと近づいた。

野崎《のざき》観音の舟着き場であった。

霊験あらたかな観音として知られる野崎観音は、大坂あたりからくる参詣客《さんけいきゃく》が多い。参詣客は、寝屋川《ねやがわ》からつづく水路を使い、屋形舟でやってくるのがふつうだった。

当然、舟の中では飲めや歌えの酒宴となる。目的の野崎観音に着いたころには、すでに足もとがふらついている者も少なくなかった。

だが、その屋形舟から下りてきたのは、一杯機嫌の商人でも、着飾った若い娘でもなかった。

墨染《すみぞ》めの衣《ころも》に編み笠をかぶった、七、八人の虚無僧であった。

虚無僧たちは、屋形舟の舟底から、縄でからめた大きな桶《おけ》を持ち上げ、舟着き場に下ろした。縄に担《にな》い棒を通し、それを前後に分かれてかつぎ上げる。

一人の虚無僧が手で合図を送ると、男たちは物も言わずに歩きはじめた。

虚無僧の異様な一団は、茶店や土産物《みやげもの》屋の並ぶ表参道を避け、山すそをまわって、藪《やぶ》のなかのつづら折りの山道を登っていく。

椿《つばき》や椎《しい》の茂る藪のあいだをしばらく行くと、観音堂の裏手に出た。

参詣客で賑《にぎ》わう表の明るさとはうらはらに、御堂《みどう》のうしろは濡《ぬ》れた朽《く》ち葉《ば》が厚く積もり、暗くじめじめとしている。

桶をかついだ一団は、そこでひと息つくと、かつぎ手を交替してさらに小道を登りだした。

やがて、うっそうとした森のなかに、小さな御堂が見えてきた。

——江口堂《えぐちどう》

と呼ばれるその御堂は、淀川べりの江口の遊女たちが厚い信仰をよせたものであったが、江口の衰退とともに忘れ去られ、今では訪れる者もまれだった。

虚無僧の一団は、江口堂の前で立ち止まると肩から桶を下ろした。

急坂を登ってきた男たちの額には、びっしりと汗が浮かんでいる。

男たちは担い棒を抜き取り、桶を縛っていた縄をほどいた。列の先頭を歩いていた虚無僧が、桶の蓋《ふた》を開ける。

「おい、立つんだ」

虚無僧は、桶のなかに向かって言った。

茄子紺《なすこん》の小袖《こそで》を着た長身の男が、桶から立ち上がった。

苅萱屋敷のからくりに掛かって敵の手に落ちた、朧愁之介であった。

愁之介は腰刀を奪われ、両手を後ろ手に縛られている。懐にあった黄金仏も、すでに敵の手に渡っていた。

「さっさと外へ出ろ」

虚無僧が愁之介の背中をこづいた。

愁之介は、一瞬、青みがかった切れ長の目で男を鋭く見たが、おとなしく言われたとおりにする。

桶から出た愁之介を虚無僧の一人が引っ立てて、御堂の階段を上らせる。

先に御堂に駆け上がっていた男が、赤い扉を左右に大きく開け放った。

なかはうす暗かった。

御堂の奥のほうから、うす紫色の煙が漂ってくる。煙は甘く、しのびやかで、心をくすぐる玄妙な匂いがした。

(これは……)

愁之介は思わず足を止めた。双眸《そうぼう》が、一瞬、凄絶《せいぜつ》な光を帯びる。

虚無僧が後ろから背中を押した。愁之介は御堂の中央に押し出される。

背後で、入り口の扉が音をたてて閉まった。

愁之介が目をこらして見ると、御堂の奥の方に数人の人影があった。

虚無僧の仲間ではない。

壁ぎわにぐったり寄りかかった中年の男、死んだ魚のような濁った目で虚空を見つめる老人、床の上にだらしなく寝そべっている半裸の女もいる。
六、七人の男女は思い思いの格好をしていたが、不意に入ってきた闖入者《ちんにゅうしゃ》に気づくと、底意地の悪い目でじっと見すえた。
彼らはみな、先が太くなった長ギセルを手にしている。紫色の煙は、そのキセルから立ちのぼっていた。

「ツガルか……」

愁之介はかわいた声で言った。

「ほう。おまえ、ツガルを知っているのか」

愁之介を引き立ててきた虚無僧が、驚きの声を上げた。

「ツガルもいいが、癖《くせ》になるからな」

そうつぶやくと、愁之介は紫の煙を吸い込む男女を冷たい表情でみた。

ツガルとは、阿片《あへん》のことである。

阿片の材料であるケシが、日本にはじめてもたらされたのは室町時代。場所は津軽《つがる》の十三湊《とさみなと》だった。

以来、津軽地方の隠れた特産品としてケシが栽培されつづけたため、阿片は〝ツガル〟と呼ばれるようになった。

「ツガルを知っているとは、妙なやつだ。まあいい、おれたちの主《あるじ》がおまえに会いたがっている」

「おまえたちの主……」

「そうだ」

虚無僧は愁之介の肩を乱暴に押した。

ツガルにふける男女のあいだを通り抜け、御堂のさらに奥深く入っていく。

歓喜天《かんぎてん》の祭像がのった仏壇のわきに、小さな板戸があった。

虚無僧は板戸を開け、愁之介にむかって、中へ入るように命じた。

愁之介は両手を縛られたまま、板戸の前で小腰をかがめる。その腰を、うしろから虚無僧が突きとばした。

二

愁之介は床の上に転がった。

壁に肩をぶつけてようやく止まる。

起き上がって中を見まわすと、そこは、畳の敷かれた狭い茶室だった。

わずか三畳の広さしかない。

荒壁を塗りのこした下地窓《したじまど》の障子に、緑色の木漏れ陽《こもれび》が揺れている。

茶室の隅《すみ》に切られた炉《ろ》には、鉄釜《てつがま》がかけられ、その前に男が端座していた。

年の頃は六十すぎ。でっぷりと肥えた初老の男は、茶人のような朽ち葉色の道服《どうふく》を着て、頭には同じ色の頭巾《ずきん》をかぶっていた。

「よくぞ、わが歓喜庵《かんぎあん》にまいられた」

垂れ下がるほど豊かな両頬に愛想のよい笑みを浮かべると、男は膝の上に手を置いて軽く頭を下げた。

「来たくて来たわけではない」

愁之介はそっけなく言った。

「ほほ。やはり、聞いた通りのすね者とみえる。そのすね者どのに、わしが一服、茶を進ぜよう」

男はにこやかにそう言うと、炉にかかった鉄釜から柄杓《ひしやく》で湯を汲み、抹茶《まっちゃ》の入った天目《てんもく》茶碗に湯をそそぎ込んだ。

男は茶碗のふちを左手で持ち、茶筅《ちゃせん》で湯をすばやくかきまわした。

緑色の湯が、白く泡立つ。

男は茶碗を、愁之介の膝の前に差し出した。

「両手を縛られたまま、どうやって飲めというのだ」

「茶碗に顔を突っ込んで舌でおなめなさい」

男の顔には、あいかわらず愛想のいい微笑が残っていたが、いびつな本性が笑顔の奥に見え隠れしている。

「この茶、ただの茶ではあるまい」

憮然《ぶぜん》とした表情で茶碗を見ていた愁之介が、突然、口を開いた。

「…………」

「曼陀羅華《まんだらげ》が入っているとみたが」

男の目にあからさまな驚きがひろがった。

「なぜ、それを」

「この妖《あや》しい玉虫色の茶、曼陀羅華のものでなければ何の色だ」

愁之介は落ち着き払った口調で言った。

男はさっきまでの人のよさそうな仮面をかなぐり捨て、小ずるい商人の目で愁之介を値踏みするようにうかがい見る。

「おまえ、まさか裏の者では……」

「だとしたら、どうする」

愁之介の言葉に、男は一瞬、黙り込んだが、すぐににんまりと笑う。

「おまえが裏の者なら、話が早くなった」

男は顔を醜くゆがませた。

「どうだ。おまえ、わしと組む気はないか。おまえの尋常ならざる剣技、このまま殺すにはあまりにも惜しい」

「話によっては乗らぬものでもない。だが、その前に、おのれの名くらい名乗ったらどうだ」

「ほっほっ。これは失礼したな。言い遅れたが、わしは正直屋宗与《しょうじきやそうよ》と申す兵庫《ひょうご》の商人……」

「正直屋か」

愁之介はつぶやいた。

その名は、愁之介も幾度か耳にしたことがある。南蛮貿易に手を染め、近頃、急に身代《しんだい》を大きくした評判の商人である。

「それで、きさまのたくらみはいったい何なのだ」

愁之介は聞いた。

正直屋は笑いながら、白く肥えた手を懐に入れた。

正直屋が取り出したのは、紫色のふくさに包まれた黄金仏だった。ほんの数刻前まで、愁之介が持っていたものだ。

正直屋はふくさを取ると、仏像を茶室の床《とこ》の間に据えた。

窓から差し込んだうすら陽に、金色の仏が燦然《さんぜん》と輝く。

「じつは、この黄金仏にはある家の秘密が隠されているのだ」

仏像をうっとりした目で眺めながら、正直屋が言った。

「その家とは、甲斐の武田家か」

「ほほう、なかなか察しがいいようだな。おまえの言うとおり、この黄金仏を作らせたのは、ほかならぬ武田信玄よ」

「やはり……」

「信玄の黄金城のことを知っておるか」

「黄金城？」

愁之介は聞き返した。

「どうやら、何も知らぬようだな」

正直屋はうすく笑った。

「かつて、武田信玄は甲斐の山奥から莫大《ばくだい》な黄金を掘り出した。その黄金を使って、櫓《やぐら》も柱も屋根もすべて金で出来た壮麗な城を信州諏訪の山中に築いたと言われておる」

「黄金の城か……」

「そうじゃ。信玄はその黄金城を、天下を制圧後の都にするつもりだったらしい。だが不運にも、信玄は上洛《じょうらく》の途中で病に斃《たお》れた。跡をついだ勝頼も、長篠《ながしの》の合戦で織田信長に敗れ、武田家は滅亡してしまった」

「それで、その黄金城はどうなったのだ」

愁之介が言葉をはさんだ。

「戦《いくさ》に勝った織田軍は諏訪の山中を探しまわったが、ついに発見できなかったという……」

正直屋はうっすらと目を閉じて、つぶやくように言った。

「その黄金城と、この仏像にどんなかかわりがあるというのだ」

「ふふふ、そのことよ。じつは、黄金城のありかを示す鍵こそ、この黄金仏にほかならぬのだ」

「どういうことだ」

愁之介は思わず声を高めた。

「われわれが調べたところによれば、信玄は、もしもの時のために、黄金城のありかを示す地図を、一体の仏の胎内《たいない》に納めた」

「それが、この黄金仏なのか」

愁之介の問いに、正直屋は相好《そうごう》を崩してうなずいた。

「黄金城さえ手に入れば、どんなことも思いのままだ。わしは手に入れた黄金で、ポルトガルの商人からもっと大量のツガルを仕入れ、日本国中を薬漬けにしてやるのよ。さすれば、わしは天下一の豪商になる」

と言うと、正直屋は狂ったように高笑いした。

「どうだ、いい話だろう。わしに力を貸せば、おぬしにもたんまり儲《もう》けさせてやる。宇治あたりの別業《べつごう》に、若い女を何人でも囲えるようになるぞ」

正直屋はぶ厚い唇をなめながら、いやしげな口調で言った。

愁之介は刃物のような冷たい目で、正直屋を見返す。

「なるほど、じつにおもしろい話だな。だが、おれは遠慮しておこう」

「なんだとッ！」

正直屋は目を剝《む》いた。

「どうしてだ。こんなうま味のある話を」

「おれは金などなくても、女には不自由していない。それに……」

と言いかけて、愁之介は一瞬、目の底を暗く光らせた。

「ツガルを世間に広める手助けなどを、したくはないからな」

「ほんとうに、それでよいのか。断れば、おまえは裏の世界でも生きていけなくなるのだぞ」

一転して表情をかたくこわばらせた正直屋が、念を押した。

「もとより、おれは裏の者とは縁を切っている」

愁之介はうすい笑いを浮かべて言った。

「そうか。そういうわけなら仕方がない」

と言うと、正直屋は外に向かって手をぽんとたたいた。

茶室のにじり口が開いて、さきほどの虚無僧が顔を出す。

「こいつは無用になった。好きなように始末しろ」

正直屋は、冷たい口調で男に命じた。

三

茶室から連れ出された愁之介は、江口堂の仏壇の前に引き据えられた。

さっきまでツガルに夢中になっていた男女は、すでに姿を消している。

がらんとした御堂のなかには、編み笠をはずした虚無僧たちが、凶悪な顔に粘ついた笑いを浮かべて立っていた。

そのうちの一人が愁之介に近づき、指の先で顎《あご》を持ち上げる。

「きさま、このあいだはよくも仲間を殺《や》ってくれたな。礼はたっぷりさせてもらうぞ」

と言って、男はつま先で鳩尾《みぞおち》に蹴《け》りを入れる。

――ウグッ
愁之介は思わず後ろに倒れ込む。

別の男が、床に倒れた愁之介の顔面を蹴り上げた。愁之介の青白い頬に、草履《ぞうり》をはいた男のつま先がくい込む。

口の中が切れ、唇の端《はし》から鮮血が流れ出た。

次の男は首筋を蹴り、さらにつづけて腹を蹴った。

愁之介の顔が苦痛にゆがむ。

虚無僧たちの蹴りが、愁之介の全身に降りそそいだ。

手首を縛り上げられている愁之介は、なすすべもない。

「もういいだろう。それくらいでやめておけ」

愁之介を引きたててきた虚無僧が命じるように言って、愁之介の体を引き起こした。

「まさか、これくらいで許すわけじゃないでしょうねえ」

別の男が不服そうに言う。

「あたりまえだ。こいつはこれだぜ、これ」

男はにやにや笑いながら、自分の首に手を当ててみせた。首を斬るという意味である。

虚無僧たちのあいだから、残忍な忍び笑いが起こる。

「なら、おれがやる」

虚無僧のひとりが、腰の刀を抜いた。

長い刀だった。刃渡り三尺二寸はあるだろう。

男は愁之介の首すれすれのところまで刀を近づけ、

「どうだ、怖かったら泣きわめいてもいいのだぞ」

からかうように言った。

じっとうつむいていた愁之介は、いきなり顔を上げると、そいつの顔面にカッと唾《つば》を吐き捨てた。

「このやろうッ！　よくも、やりやがったな」

怒りで顔面を真っ赤に染めた男が、刀を大上段にふりかぶった。

そのとき——。

男の動きがピタリと止まった。

両手で握りしめていた刀が、御堂の床に音をたてて転がり落ちる。

男はそのまま膝を屈し、横にばったりと倒れ、四肢を痙攣《けいれん》させた。

驚いた仲間が駆け寄ってみると、男の首と後頭部のあいだ、すなわち延髄《えんずい》のあたりに、小刀が突き刺さっていた。

虚無僧たちが御堂のなかを見まわしたとき、男の首に突き刺さった小刀の尻から火花が吹き出た。

虚無僧たちは、たじろいで壁ぎわへ後退する。

そのとたん、御堂の天井から猿《ましら》のように身軽に飛び下りてきた者がいた。

男は愁之介に近づき、両手首を縛っていた縄を刃物で断ち切った。

「おまえは、以蔵！」

男の顔を見て、愁之介が叫んだ。

「朧のだんな、これを」

以蔵は小脇に挟んでいた大小を手渡した。敵に奪われた愁之介の愛刀、備前長船景光《びぜんおさふねかげみつ》である。

そのとき——。

虚無僧のひとりが奇声を上げて斬りかかってきた。

以蔵は手にしていた小刀で、敵の剣をガッと受けとめる。刃と刃がぶつかり合い、青い火花が散った。

そこへ、もうひとりの虚無僧が突っ込んでくる。

その瞬間、突っ込んできた虚無僧の首は血煙を上げて御堂の天井まで吹っ飛んでいた。

愛刀をつかんだ愁之介が、抜く手もみせず、斬り上げたのだった。

愁之介の剣は虚空でひるがえり、以蔵と刃を合わせていた虚無僧の肩口を袈裟《けさ》がけにたたき斬った。

男の体から、一直線に血しぶきが飛ぶ。

愁之介は刀を素早く中段に構えた。

「だんな、黄金仏はどこに！」

愁之介のうしろに身を隠した以蔵が、あたりを見まわして叫んだ。

「仏壇の奥の茶室のなかだ。正直屋が持っている」

「わかりやした」

以蔵はうなずき、御堂の奥へ駆け込んでいく。

——ヤッ、ヤッ、ヤー。

派手な声を上げて、新手《あらて》の男が突きかかってくる。

愁之介は横へ身をそらすと、すれちがいざま、相手の胴を斬り捨てた。太刀《たち》をふりかぶった別の男の腹を突き刺す。

愛刀を得た愁之介の前では、虚無僧など、もはや敵ではなかった。

残った男たちは刀を構えてはいるが、半分、逃げ腰になっている。

やがて、ひとりが刀を投げ捨て、愁之介に背中を向けて駆け出した。ほかの二人もそれにならって戸口に殺到する。

虚無僧たちは観音開きの扉に体当りを食らわせて、御堂の外に転がり出た。

愁之介は後を追った。御堂の外へ出ると、そこに男が立っていた。

「百鬼斎……」

男の顔を見て、愁之介がつぶやいた。

四

百鬼斎の全身から、妖気のようなものが立ちのぼっている。それは、春の野に立つかげろうにも似ていた。

百鬼斎のまわりの空気は、気のせいかたえず微妙に揺れ動き、そのため、背後の木々の繁みまでがゆがんで見えた。

百鬼斎の持っているのは杖《じょう》だった。

百鬼斎はその杖を体の後方に垂らし、引杖《ひきづえ》の構えをとった。そのままの姿勢で、御堂から愁之介が出てくるのを待っている。

愁之介は、杖を構えた百鬼斎の姿をみとめて、一瞬、眉をしかめた。

だが、すぐにいつもの冷静な表情に戻り、御堂の階段をひらりと飛び下り、百鬼斎の前に立った。

「きさまとの勝負をつけるときが来たようだな」

愁之介は言った。

「どうやらそのようだ。だが、おまえのなまくらな腕では、おれの杖にはとうていかなうまい」

吊り上がった目を細めて、百鬼斎が不気味に笑った。

百鬼斎はあいかわらず引杖の構えを崩さない。引杖で構えられると、刀で闘う者にとっては、杖の長さがわからないため、間合を見切ることができない。

愁之介は、ツツッと動き、わずかに間合をつめ、刀を中段に構えた。

――イエエェーッ！

奇声を発して先にしかけてきたのは、百鬼斎のほうだった。

目にも止まらぬ速さで、杖の先を愁之介の刀の鍔元《つばもと》にたたきつけてくる。

愁之介は虚《すき》をつかれた。

両手に、凄まじい衝撃が伝わった。あやうく、刀を取りこぼしそうになる。

だが、ぐっとこらえてうしろに飛びすさった。

「あんがい、打たれ弱いようだな」

ぶざまに後退する愁之介を見て、百鬼斎があざわらった。

愁之介は刀を握りなおし、今度は剣先を立て右八双《みぎはっそう》に構える。

対する百鬼斎はやや腰を落とし、杖を斜めに構えた。攻防自在と言われる、弓張《ゆみは》りの構えだった。

百鬼斎がじりじりと間合をつめてくる。

愁之介はそれにつれて、一歩、二歩とうしろへ下がった。

声を発して、百鬼斎が打ち込んできた。疾風のような速さだ。

愁之介は正面からきた杖を、かろうじて受け止める。だが、百鬼斎は愁之介に休む暇《いとま》を与えず、つぎつぎと杖を繰り出してきた。

喉もとへ、肩先へ。さらに、胴へ、脛《すね》へ。

その攻撃を、愁之介は危ういところでかわしつづける。

だが、敵の攻撃があまりに凄まじいため、こちらから斬りかかっていくことができない。

杖の攻撃を受けているだけで、両手が痺《しび》れてくる。

杖に追われ、追い詰められた愁之介は、背中に江口堂の壁を背負った。

もはや、逃げ場はない。

「これで終わりだな」

百鬼斎が頬に醜い笑いを刻んだ。

そのとき――。

何を思ったのか、愁之介は百鬼斎にくるりと背を向けた。

そのまま、剣を地ずりに構える。

「気でも狂ったか」

愁之介の異常な動きを見て、百鬼斎が言った。

「秘剣、影《かげ》の灯火《ともしび》……」

愁之介は壁のほうを向いたまま、低くつぶやいた。

「なにを小癪《こしゃく》なッ！」

百鬼斎はそう叫ぶと、一気に間合を詰め、無防備になった愁之介の背中に打ちかかってきた。

怒濤《どとう》のような勢いで、愁之介の頭上に杖を振り下ろす。

と——。

百鬼斎の杖が振り下ろされるより一瞬早く、愁之介は深く身を沈め、振り向きざま、百鬼斎の胴を真っ二つに斬り払っていた。

百鬼斎がねじれながら倒れるのが、影絵のように見えた。

五

人が近づく気配に振り向くと、そこに奈良田ノ以蔵が立っていた。

手に黄金仏を持っている。

「仏像は無事だったのか」

「へい。正直屋のやつは、こいつを投げ捨てて逃げていきやした。やはり、金より命のほうが大事だったとみえます」

以蔵は皮肉っぽく笑った。

「以蔵、おまえは武田のスッパだな」

「なんだ、知っていたんですかい」

以蔵の顔に、軽い驚きの色が浮かぶ。

「おまえが黄金仏を必死に守り抜いたのは、そのためだったのか」

「いかにも、だんなのおっしゃる通りです」

以蔵は神妙な顔でうなずいた。

「以蔵、その黄金仏を天に向かって投げてみよ」

愁之介が言った。

「何を言うんですかい、朧のだんな」

「いいから、おれの言うとおりにするんだ」

愁之介の言葉に、以蔵はいぶかしげな顔をしながら、仏像を投げ上げた。

黄金仏が空に舞う。

愁之介は抜く手も見せず、景光の太刀を一閃《いっせん》させる。地面に落下したとき、黄金仏は頭から足の先まで、あざやかに一刀両断されていた。

「だんな、仏像の中に何か……」

と叫ぶと、以蔵は草むらに落ちた仏像に駆け寄った。

真っ二つになった黄金仏の胎内から転がり出てきたのは、古色を帯びた、一巻の巻物だった。

以蔵は腰をかがめて巻物を拾い上げた。

紐《ひも》をほどき、巻物をひろげる。

陽にかざしながら、以蔵はしばらく巻物を眺めていたが、突然、びりびりと破りはじめた。

細かくちぎって、紙を夕暮れの空に撒《ま》き散らす。白い紙切れが、風にのって花びらのように飛んでいく。

「よかったのか、破いてしまって」

しばらくたって、愁之介が聞いた。

以蔵は無言でうなずく。

「武田の黄金城のありかは、書いてなかったのか」

「いや、だんな。たしかに書いてありましたよ」

「ならば、なぜ破った」

以蔵は、紙ふぶきが森のなかへ消えていくのを見届けてから、うしろを振り返った。

「巻物には、こう書いてあったんでさあ」

以蔵は、まるで経《きょう》でも読むようにつぶやく。

山形三郎兵衛《やまがたさぶろうひょうえ》　六十両

馬場《ばば》美濃守《みののかみ》　五十両

真田弾正忠《さなだだんじょうちゅう》　八十両

…………

……………

「どういう意味だ、それは」

愁之介がいぶかしげな顔をした。

「武田の家臣は総勢数万。家臣それぞれに金を配ったら、数十万両にもなるでしょう。信玄公は黄金城なんてものは、はじめから建てずに、黄金を家臣たちに配り、いざというときに備えさせたんでさあ」

「家臣こそが黄金城、というわけか。なるほど、その通りかもしれんな」

愁之介はつぶやくと、参詣客で賑わう野崎観音の坂を下りていった。

第二部　利休唐子釜《からこがま》

千家一門

一

川に月明かりが落ちている。

夜の淀川《よどがわ》は、凍ったように静かだった。

川なかにある中洲《なかす》の岸に、一艘《そう》の舟がつながれている。漁師が使う川舟だった。生い茂った葦《あし》が、舟の上に穂を垂れていた。

川舟の底から男が立ち上がり、乱れた衣《ころも》のすそを直す。芯《しん》の冴えた細身の体に、槍梅《やりうめ》を白く染めぬいた茄子紺《なすこん》の小袖がよく似合う。

朧愁之介《おぼろしゅうのすけ》であった。

唐《から》渡りの白磁のように端整な横顔は、月明かりのせいか青白く、あくまで冷たい。どこか翳《かげ》りのある切れ長な目に、青みだつような憂愁が漂っている。

「おれはこのまま伏見まで行くが、おまえはどうする」

愁之介は足元を見下ろした。

舟の上に、女がけだるく身を横たえていた。

年のころは二十五、六。美しい女だった。

﨟《ろう》たけた細おもての女は、うすい皮膚の内側から微光をはなっているように見えた。

「どこかそのへんの岸辺で下ろしてください」

女はそう言うと、ゆっくりと身を起こし、寝乱れた小袖の衿《えり》をかき合わせる。端《はし》た色の地に小波《さざなみ》を散らした、渋好みの小袖であった。

小袖の乱れを直した女は、白絹の紐《ひも》で髪を後ろに束ねて身じまいをすませ、舟底にすわった。首筋に浮き出た静脈が、情事のあとの余韻を残して妙に生々しい。

愁之介は、川のなかへ竹竿《たけざお》を突き入れた。

葦のあいだから、舟が静かにすべり出る。

「納所《のうそ》あたりでよいのか」

愁之介がきいた。女はかすかにうなずき、妖艶《ようえん》にほほ笑む。

納所とは、桂川と宇治川が合わさり、淀川と名を変えるあたりにある川湊《かわみなと》であった。

水の流れにさからって、舟は夜の闇《やみ》につつまれた淀川をさかのぼっていく。

「山崎の祭りによく行かれるのですか」

川の流れに目をやりながら、女がぽつりとつぶやいた。

「いや、今日がはじめてだが」

「わたしは毎年行っています。叔母《おば》が山崎の油商人に嫁いでいるもので……」

「毎年、今夜のように男と情けをかわすわけか」

愁之介は皮肉っぽく、白皙《はくせき》の頰《ほお》をゆがめた。

「まあ、意地の悪い。今宵《こよい》のようなことは、後にも先にもこれ一度きりでございます。あまりに美しい月明かりが、きっと心を狂わせたのでしょう」

女は小袖のたもとで口もとを押え、なまめかしく笑った。

怒ったそぶりを見せないところを見ると、愁之介の言葉はまんざら的はずれでもないらしい。

祭りの雑踏のなかで、先に誘いかけてきたのは女の方だった。行きずりの愁之介を川舟に誘い、みずから体を開いて、狂態を演じ、ついさっき果てたばかりだ。

乱れようから見て、とうてい独り身とは思えなかったが、人妻と言うにはあまりに行動が大胆すぎた。

納所の明かりが近くなった。

川の両岸に、白壁の蔵や商家が立ち並んでいる。柳の垂れる人気のない岸辺の一角には、川にむかって石段がのびていた。

——唐人雁木《とうじんがんぎ》
と呼ばれる、船着き場である。

かつて、平安京が栄えていたころ、唐の国からの使者が舟を着けた場所で、石段のようすが雁の行列に似ていることから、唐人雁木とよばれるようになったときく。

愁之介は、その唐人雁木に舟を着けた。

女が舟端をまたいで船着き場に下りる。

「またお会いできますでしょうか」

「いや、もう会うことはないだろう。男と女はつねに一期一会《いちごいちえ》だ。おまえとは、一期の花を十分に楽しんだ」

愁之介は冷たく言い捨てると、竹竿の先を石段に当てて、舟を押し出した。暗い川の流れに、孤舟が漂うようにすべりだす。

「わたしの名はお蘭《らん》と申します。せめて、あなたさまのお名前だけでも」

石段を歩いて舟を追い、なおも声をかけてくる女に、愁之介は秀麗な顔をむけ、

「淀の川霧、とでも覚えておいてもらおうか」

「淀の川霧……」

蘭と名乗る女はかすかに眉《まゆ》をくもらせ、舟にむかって軽く頭を下げた。

舟は岸から遠ざかっていく。

伏見に着いたのは、夜半すぎだった。

川の両側に立ち並ぶ商家はすでに灯を落とし、常夜灯《じょうやとう》の明かりだけが、川面《かわも》にやわらか

い光を投げかけている。

愁之介は舟を岸辺に寄せると、岸に並ぶ杭《くい》のひとつに縄をしっかりつなぎとめた。舟底にあった蠟色鞘《ろいろざや》の太刀《たち》を腰に差し、舟端をまたいで川岸に立つ。

岸辺に枝を垂らす柳の向こうに、落ち着いた造りの二階屋が見える。伏見の船宿、船津《ふなづ》屋《や》だった。

愁之介はその船津屋の二階に居候《いそうろう》していた。伏見や岡屋《おかのや》あたりの川舟を一手に取り仕切るこの船宿は、人の出入りも多かったが、半面、なんの干渉もなく、住むのに気楽だった。

愁之介は家の者を起こさないように、船津屋の裏口にまわった。

裏口の木戸を開けようとした愁之介は、瞬間、路地の奥に人の気配を感じ、背後へ跳びすさっていた。

「何者だッ!」

塀ぎわに人影があった。

愁之介の右手はすでに刀の柄《つか》にかかっている。相手の出方によっては、即座に一刀両断していただろう。

「待て」

塀ぎわの男はあわてて手を横に振った。

頭にかぶっていた黒い頭巾《ずきん》を脱ぎ去り、月明かりのもとに素顔をさらす。

頭巾の下からあらわれたのは、五十すぎの男の顔だった。首が太い。額には皺《しわ》が何本も刻まれている。

「道安《どうあん》どの……」

男の顔を見て、愁之介は驚いた。

「久しぶりだな、愁之介。壮健そうでなによりだ」

男が厚い唇をゆがめて笑う。

「なぜ、あなたがこんなところに」

「わけはゆるゆると語ることにしよう。まずは、おまえの住まいに上げてくれぬか」

男は頭巾をたたんでふところにしまった。

愁之介は刀の柄から手を離すと、黙って裏の木戸を開けた。

二

船津屋の二階――。

畳の上に正座して、ふたりの男がむかい合っている。

ひとりは朧愁之介。そして、もうひとりは千利休《せんのりきゅう》の長男、千道安であった。

「愁之介、あれはおまえが活《い》けたのか」

床の間の方をちらりと振り返って、道安が言った。

槇《まき》の古木をふんだんに使った床の間には、南宋径山《きんざん》の禅僧、石渓心月《しっけいしんげつ》の跋語《ばつご》が掛けられ、その下に、りんどうの花を投げ入れた伊賀焼《いがやき》の花入れが飾ってある。

道安が言うのは、どうやらその花のことらしい。

「わが父、利休居士《こじ》は生前、こうおっしゃっていた」

と、道安は遠い目をする。

「茶席にはりんどうと菊は避けるべし、とな。なぜ利休居士がりんどうや菊を嫌ったか、そなたにはわかるか」

道安の言葉に、愁之介は皮肉な顔でうなずく。

「梅、朝顔《あさがお》、椿《つばき》。これらの花は、時がたつとすぐに形が崩れて、みずみずしさを失います。それゆえ、花を見れば、もてなす者の心配りが一瞬にしてわかるというもの。しかし、りんどうや菊は、花が古びてもそれを見分けることができませぬ」

「よくわかっているではないか」

道安が苦笑した。

「ならば、すぐにでもりんどうは捨て、庭に咲いていた萩《はぎ》にでも活けかえることだな」

「お言葉を返すようですが、それだけはお断りいたします」

愁之介ははねつけるように言った。

「なぜだ」

「わたしはこの花の風情《ふぜい》を愛しているからです。人に媚《こ》びるため、好きでもない花を飾るなど愚《ぐ》の骨頂《こっちょう》」

「………」

「そうしたおもねりが、利休居士をして織田右府信長、太閤秀吉といった権力者に近づけさせ、やがては身の破滅を招くことになった。そうは思われませんか、道安どの」

「そなたは、亡き父を愚弄《ぐろう》する気か」

道安のこめかみに青筋が立ち、小刻みに震えるのが見えた。

愁之介は冷ややかな表情をいささかも崩さず、

「あなたと私では立場がちがう。あなたは、茶頭《ちゃどう》である千利休の教えをひたすら忠実に守り、のちの世に伝えていくのが仕事だ。だが、私は……」

愁之介の美貌《びぼう》に暗い翳《かげ》がよぎった。

道安はしばらく憮然《ぶぜん》と口を閉ざしていたが、やがて、気を取り直したのか、渋面をやわらげて愁之介をみつめた。

「今日は、そなたとつまらぬいさかいをするために出てきたのではない。大事な用があるのだ」

道安は言った。

「大事な用と申されますと?」

「これはまだ内密の話なのだが、じつは近々、わが千家一門に赦免の命が下されるらしいのだ」

「ほう」

愁之介は切れ長の目を光らせると、道安の顔をあらためて見つめ直した。

「細川幽斎《ゆうさい》どのがらうかがったのだから、まず間違いあるまいて。太閤さまも、一時の激情にかられて父に切腹を命じたはいいが、あとになって、後悔の日々を送っておられると聞いている」

「あの事件から、もう三年半ですか」

愁之介がつぶやくように言った。

「ああ。あのときは、わしや弟の少庵《しょうあん》をはじめ、一族の者はみな死罪になるところであった。父と交遊のあった蒲生《がもう》どのや細川どののとりなしがなかったら、こうして首がつながっていたかどうか」

道安は自分の首筋をなで、うすく笑った。

「少庵どのはたしか、まだ会津におられましたな」

「うむ。あれは会津の蒲生氏郷《うじさと》どのに招かれていたからな。かく言うわしも、飛騨《ひだ》の金森《かなもり》長近《ながちか》どのをはじめ、九州の諸大名にも招かれ、千家の茶を指南しておった。だが、やはり

「そういうのうては茶がうまくない」
「そういうものだ。伏見の地を離れずにいたそなたには、この気持ちはわかるまい」

道安は三年あまりの流浪の暮らしを思い出したのか、しみじみとした口調で言った。

「しかし、いずれにしてもめでたいことではありませんか。千家一門が赦免されれば、京大坂でふたたび茶会が開けます」

「そう、わしはひたすらその日だけを待ちわびて生きてきた。だが……」

と言って、道安は眉間にかすかな皺を寄せる。

「じつはな、愁之介。千家一門が赦免されるにあたって、ひとつだけ難題が残されているのだ」

「難題？ それはまた、どのような」

「そなた、わが父が死ぬまぎわまで愛用していた茶釜を知っておるか」

と、道安が逆に問い返してきた。

「いえ。存じませんが」

「それは、唐子釜と呼ばれるものでな。釜をつるす鐶付が、唐子が寝そべった姿になっている」

「もしやその茶釜、釜師の辻与次郎が古天明の釜の底を入れ替えて作ったものではありませんか」

「ほう、よう知っておる」

道安は感心したようにうなずいた。

「しかし、その唐子釜が千家一門の赦免と、どのようなかかわりがあるというのですか。たかが茶釜ひとつで、太閤の気持ちが変わるとも思えませぬが」

「それが、大いに関係があるのだ」

と言うと、道安は窓の外の宇治川にちらりと視線を投げ、あたりをはばかるように声を一段とひそめる。

「じつは、その唐子釜の内底には太閤秀吉さまをのろう利休居士自筆の呪詛《じゅそ》の言葉が書き連ねてあるのだ」

「ばかな……」

愁之介は思わずうめいた。

「信じられないのも無理はない。だが、父が腹を切るまぎわ、おのれの血を岩絵具と漆に混ぜ、書きつけたのだ。もっとも、ただ見ただけではわからない。水に浸すと、鮮やかに浮かび上がるらしい。さいわい、この事実を知っているのはわしと少庵のほか、ごくわずかな腹心の者しかいない。だが、もしその事実が明るみに出れば、どういうことになるか……」

「千家再興どころか、一族郎党、獄門磔《ごくもんはりつけ》でしょうな」

愁之介は冷ややかな表情を崩さずに言った。

「そうだ」

道安はうなずき、

「わしは、そのことを思うと心配で心配で、夜も寝られない」

「それならば、その唐子釜を即刻処分なさればよろしいでしょう。釜さえ始末してしまえば、何の証拠も残らないわけですから」

「それが、今、どこにあるのかわからぬのだ」

道安は弱り果てたような顔をした。

「わからぬ、とは……」

「唐子釜は父の遺言で、世に〝利休七哲《しちてつ》〟と呼ばれる高弟のひとり、牧村兵部《まきむらひょうぶ》どのに譲られたのだ。だが、昨年、牧村どのが亡くなってから、釜の行方がようとして知れなくなってしまってな」

「牧村どののご子孫を訪ねてみてはいかがです」

「いや。牧村どのには子がいなかったのだ。お家は取り潰《つぶ》され、家臣もすでに離散している。今となっては、釜の行方も捜しようがない……」

「それは、困りましたな」

愁之介は他人事のように言った。

「愁之介、頼む」

と言って、道安が愁之介のそばににじり寄ってきた。

「そなたの力で唐子釜を探し出してくれ。これこのとおりじゃ」

道安は畳に額をこすりつけた。

「頭をお上げ下さい、道安どの」

「引き受けてくれるか」

「手掛かりは、まったくないのですか」

愁之介はきいた。

「もし、釜の行方を知っているとすれば、牧村家の財をあずかっている、家老の三好宗雪《みよしそうせつ》という老人だけだろう」

「三好宗雪……。その老人はいまどこに」

「洛東の月輪《つきのわ》に庵《いおり》を結んだときいているが」

「隠居したわけですな」

愁之介はつぶやいた。

「わしに代わって、あの唐子釜を捜し出してくれ。わしはいまだ、都を追放されている身、表立って動くわけにはいかん。頼りになるのは、そなたしかおらぬのだ」

「…………」

愁之介は黙っていた。

しかるべき大名の前に出ても、傲岸《ごうがん》な構えを崩さないという千利休の長男の姿を、冷めた目で見下ろす。

「礼はいかようにでもする。おまえが望むなら、わが千家一門に加わってもらってもよい……」

「一門になど加えていただかなくても結構です」

「愁之介……」

「その唐子釜、わたしが始末をつけましょう」

「おお、やってくれるのか」

道安が顔を上げ、愁之介の氷のような美貌を、すがるような目で見た。

「ただし、礼はいりません。それだけは、お忘れなく……」

愁之介は窓の外の暗く沈んだ川を眺めながら、静かにつぶやいた。

三

愁之介は坂道をのぼっている。

深草《ふかくさ》、宝塔寺《ほうとうじ》の参道だった。

塔頭《たっちゅう》の白壁が途切れると、古めかしい仁王《におう》門があらわれた。門をくぐって、急な石段をのぼりきったところに本堂があり、裏山が墓地になっている。

竹林につつまれた草深い墓地には、苔むした墓石が点々ところがっていた。

愁之介は墓石の並ぶ道を歩き、墓地のいちばんはずれにある、墓の前で立ち止まった。

墓は土盛りの上に小さな丸石を置いただけの、ひどく粗末なものだった。

着物のすそをさばいて膝《ひざ》を折ると、愁之介はふところに挿してきた紫色の花を墓に手向《たむ》けた。

りんどうの花だった。

生前、母が好きだった花である。

愁之介の母は、彼が七歳のときに病死した。看取《みと》る人もいない寂しい最期《さいご》だったのを、子供心にもはっきりと覚えている。哀《かな》しい目をした母の面影が、二十年近くたった今でも心の裡《うち》を離れない。

愁之介は父の顔を数回しか見たことがなかった。まだ、愁之介が生まれたばかりの頃は、頻繁に母のもとに通ってきたらしいが、織田信長の茶頭《ちゃどう》を任じられた時期から、父の訪れは稀になっていった。

母は、千利休の妾《めかけ》だったのだ。

七十歳で死んだ利休は、生涯に二度妻を迎え、そのあいだに六人の子をもうけている。長男の道安は、一度目の妻、「宝心妙樹《ほうしんみようじゆ》」という戒名《かいみよう》を持つ女性の子であった。この道安とならんで千家を継承したのが、同じ年の少庵という人物で、こちらは宗恩《そうおん》という後妻の連れ子だった。

少庵は子孫にめぐまれ、その子孫は、表千家《おもてせんけ》、裏千家《うらせんけ》、武者小路《むしやのこうじ》千家という茶道の家元を興していく。

利休は、ほかに二、三の女性との関係が知られているが、愁之介の母も、そんな陰の女のひとりだったのだ。

愁之介が十六歳まで育てられた祖父母の家を飛び出し、千家と縁を切って放蕩《ほうとう》無頼の暮らしに身を投じたのも、父利休と茶の湯への反発からだった。

そのせいであろう。利休が切腹を命じられ、一族連座の噂《うわさ》がたったときも、愁之介だけは蚊帳《かや》の外に置かれていた。幸か不幸か、千家一門と認められなかったのである。

愁之介は墓の前でしばらく目を閉じていたが、やがて、踵《きびす》を返して寺を立ち去った。

深草から月輪《つきのわ》までは近い。

山門を抜けて四半刻《とき》（三十分）もたたないうちに、月輪の東福寺《とうふくじ》の伽藍《がらん》が見えてきた。

月輪の山里に、牧村兵部の家老だった三好宗雪という老人が庵《いおり》をむすんでいる、兄の道安はそう言っていた。

愁之介は山すそをまわって、東福寺の北側へ出た。竹林の小径《こみち》を歩いていた愁之介は、

「ここか」

とつぶやいて、不意に立ち止まった。

柴垣に囲まれて、藁《わら》で屋根を葺《ふ》いた数寄屋《すきや》造りの庵があった。

入り口の木戸に、

——宗雪庵

と、書かれた杉板がかけてある。三好宗雪の閑居に間違いなかった。

愁之介は木戸を開けて、門をくぐった。

そこから、飛石の敷かれた路地《ろじ》が、数寄屋造りの建物にむかって伸びている。路地のまわりには、アオキやモッコクなどがあおあおとした葉を涼しげに茂らせていた。

路地のつきあたりが玄関だった。

開けっぱなしになったままの玄関に、人影は見えない。

愁之介は奥にむかって声をかけた。二度声をかけて待ったが、何の返事も返ってこなかった。

ふと見ると、玄関の土間に白緒《しらお》の草履《ぞうり》が脱ぎすててある。草履があるところをみると、なかに誰かいるのだろう。

愁之介は路地を引き返し、左手の庭へ入っていく。狭いが、よく手入れのされた苔の美

しい庭だった。

庭を横切って、数寄屋の縁側にまわる。近づいていくと、縁側に垂らされた竹の簾《すだれ》ごしに、浅鈍《あさにび》の胴服《どうふく》を着た老人の後ろ姿が見えた。

老人は居眠りでもしているらしく、前かがみになって身じろぎもしない。

「三好宗雪どのか」

愁之介は老人にむかって声をかけた。

「あなたの旧主、牧村兵部どのが所蔵しておられた茶釜のことで、話をうかがいにまいったのだが……」

と言いかけて、愁之介はおもわずハッとした。

ようすがおかしかった。

愁之介は踏み台に草履を脱ぎ捨て、縁側に駆け上がった。簾をめくり上げて近づき、老人の肩に手を置いた。そのとたん、こちらに背を向けてすわっていた老人の体がぐらりと揺れた。

愁之介が手を出す暇もなく、老人はそのまま座敷に横倒しになる。

「おい、しっかりしろ」

愁之介は老人の体を抱え上げて、激しく揺さぶった。

白髪《しらが》まじりの老人は、カッと白目を剝《む》いたまま、すでに息絶えている。年格好から見て、おそらくこの庵の主、三好宗雪であろう。

喉《のど》から胸にかけて、血糊《ちのり》がおびただしい。喉笛の上あたりに、鋭利な刃物でえぐられた傷痕《きずあと》があった。

(誰がこんなことを……)

愁之介は首の血を、指先でなぞってみた。まだ、殺されてから間がないらしい。血はかたまっていない。

老人の体を畳の上に横たえ、愁之介は立ち上がった。そのとき、背後の襖が音もなく開いた。

殺気を感じた愁之介は、とっさに死体の上を跳んで一撃を逃れた。跳びながら腰の刀に手をかけ、着地すると同時にすらりと抜き放つ。

愁之介は、振りむきざま、刀の切っ先を突き出した。だが、切っ先はむなしく空を切って流れる。

「きさまは、何者だッ!」

刀を戻した愁之介が、剣先を地ずりに構えながら誰何《すいか》した。

そこに立っていたのは、黒装束に身をつつんだ矮軀《わいく》の男だった。

片目がつぶれ、唇がめくれ上がったその顔は、一度見たら忘れられないほど醜い。男が手にした小刀は、真っ赤な血糊で濡れていた。

「三好宗雪をやったのは、おまえか」

愁之介は、小刀の切っ先を冷たくにらみすえて叫んだ。

「ふふふ……」

男は不気味な笑いを洩《も》らすだけで、何も答えない。愁之介が地ずりの構えのまま、一歩前に出ていくと、男は不意に身をひるがえした。縁側から庭へ跳び下りる。

愁之介はあとを追った。

縁側から庭へ下りたとたん、男がいきなり高々と跳躍した。驚くべき身の軽さだった。

男は空中で一回転するなり、小刀を突き出し襲いかかってくる。あきらかに、愁之介の首を狙っている。

愁之介はとっさに、身をひねって敵の攻撃をかわす。切れた髪が数本、苔むした庭の上に舞い落ちた。

愁之介の背後に着地した男は、すばやく走り寄ると、小刀を腰だめにして突っこんでくる。

愁之介は深く身を沈め、振りむきざま、地ずりの構えから刀を斜め上へ振り上げる。

矮軀の男の黒装束が、胸のところからざっくりと裂けた。装束の裂け目から、体をおおう鎖かたびらがのぞく。

防具をつけていなかったら、男の体は真っ二つにたたき斬《き》られていただろう。

「ゲッ！」

男は唇をゆがめて声をもらした。

「後ろ向きに斬りつけるとは、妙な技だな」

「秘剣、影《かげ》の灯火《ともしび》……」

愁之介は刀をふたたび地ずりに下ろし、低くつぶやいた。

「影の灯火か。覚えておこう」

男は捨てゼリフを残すと、猿《ましら》のように庭を駆け抜け、柴垣を軽々と飛び越える。その姿は竹林にまぎれ、すぐに見えなくなった。

（いったい何者だ……）

愁之介は刀を血振るいして、静かに鞘《さや》に収めた。

そのまま、庵のなかへ戻ろうとした愁之介の目に、赤いものが映った。ちょうど、矮軀の賊が立っていたあたりに何か落ちている。

背をかがめて広い上げた。

それは、朱塗りの印籠《いんろう》だった。表に金泥《きんでい》で、井桁《いげた》の家紋が描かれている。

男を斬り上げたとき、ふところから転がり出たものだろう。

愁之介は印籠のふたを取って、中身をあらためた。

（これは……）

なかに入っていた茶の葉のようなものをつまみ上げ、愁之介は秀麗な眉をしかめた。

四

愁之介は半刻ほどかけて、三好宗雪の庵を調べた。

数寄屋の離れに茶室があり、炉に茶釜がかかっていたが、愁之介の探す唐子釜とは似ても似つかぬ平釜であった。

牧村兵部《まきむらひょうぶ》の遺品を記した書きつけでも残されていないかと思ったが、それらしきものはなかった。

愁之介は月輪の庵をあとにした。

東福寺の門前まで引き返すと、伏見の方へは戻らず、そこから街道を西へむかう。ほどなく広い川に出た。

鴨川《かもがわ》である。

太閤秀吉の政権下で、世の中がようやく落ち着いてきたせいか、米や薪《まき》、炭などの積み荷を積んだ川舟が、ひっきりなしに流れを上り下りしている。

愁之介は京の方から下ってきた舟を呼びとめ、それに便乗させてもらった。聞けば、舟は大坂の天満橋《てんまばし》まで下るのだという。

見渡すと、はるかむこうに西山の山並みが青くかすんでいる。えりもとに流れ込む冷たい川風が、肌に心地よかった。

愁之介は草津湊で船頭に銭を握らせ、舟を下りた。

あたりは、川に面して古い家並《やなみ》がつづいている。家と家のあいだの路地を抜けて、愁之介は表通りに出た。

京と大坂を結ぶ、鳥羽《とば》街道であった。

街道をはさんで、軒の低い商家が連なっている。

そのなかの一軒に、店先に金看板を掲げた薬屋があった。ひときわ目を引く、八棟《やつむね》造りの町屋である。

――草津の混元丹《こんげんたん》
の名で知られた、薬種商の井筒屋《いづつや》だった。

井筒屋で売っている赤い粒状の混元丹は、風邪、腹痛、熱さましと、万病にきく名薬としてつとに有名で、京、大坂を上り下りする舟が、わざわざ草津に立ち寄って薬を求めることも多いと聞く。

軒先にかかった海老茶《えびちゃ》色の暖簾《のれん》には、井桁の家紋が白く染め抜かれていた。

愁之介は暖簾をめくって、井筒屋の店内に入った。

入ってすぐのところは広い土間になっていて、左側の板敷きに帳台《ちょうだい》があった。奥に古色をおびた薬種箱がならんでいるのが、いかにも老舗《しにせ》らしい。

店には、愁之介のほかに数人の客がいた。

山吹《やまぶき》色の小袖に赤い襷《たすき》をかけた年若い売り子が、愁之介の姿に気づいて近寄ってくる。

愁之介はふところの印籠から、茶の葉に似た例のものをつかみ出し、売り子の手に握らせる。

「これを、この店の主人に見せてくれ」

愁之介は、娘の耳もとでささやいた。

娘は黙ってそれを受け取り、店の奥へ引っ込んでいく。

待つひまもなく、すぐに娘が戻ってきた。

娘の案内で、愁之介は井筒屋の奥座敷に通された。

座敷と言っても、畳敷きの部屋ではない。

床全体に黒い御影《みかげ》石が敷いてある。そのなめらかな石床の上に、漆塗りの卓をはさんで、黒檀《こくたん》の椅子が四脚並んでいた。

部屋からは白砂を敷いた枯山水《かれさんすい》の壺庭《つぼにわ》が見えた。

青い竹垣をへだてて、むこうがわにはさらに建物がつづいている。

愁之介が黒檀の椅子に腰を下ろすと、壺庭をめぐる渡り廊下の方から男が歩いてきた。

山鳩《やまばと》色の格子柄《こうしがら》の小袖に鈍色《にびいろ》のじみな胴服をはおった五十すぎの男だった。痩《や》せて顎《あご》のとがった神経質そうな顔つきをしている。

男は細い目をしばたたかせて愁之介を見ると、その向かい側にすわった。

「手前がこの家の主《あるじ》、井筒屋藤兵衛《とうべえ》でございます。さっそくですが、これを持ち込まれたのはお武家さまで？」

井筒屋の主はそう言って、愁之介が店の売り子に渡した茶色い木の葉を卓の上に置いた。

愁之介は軽くうなずいた。

「いったい、どういうおつもりです。これは……」

と、しゃべりかけた井筒屋を、愁之介が手で制する。

「そのまえに、こちらから聞きたいことがある」

「聞きたいこと？」

愁之介は茄子紺の小袖のふところをさぐり、なかから印籠を取り出した。

「この印籠に見覚えがあるか」

「それは、手前どもの店で売り出している、混元丹の薬入れではありませんか」

井筒屋は金泥で描かれた井桁の紋を見て、声を上げた。

「ならば、中身にも見覚えがあるはずだ」

愁之介は印籠のふたを取ってなかの木の葉を取り出し、井筒屋に手渡した。

「これも、〝あほう薬〟でございますな」

「さすがは薬屋だ。すぐにわかったようだな」

愁之介は突き放すように言った。

〝あほう薬〟とは大麻《たいま》のことである。麻の葉を乾燥させた大麻は、当時、気鬱《きうつ》の病をなおす妙薬として、人々のあいだにひそかに広まっていた。

「失礼ですが、この印籠、お武家さまはいったいどこで手にお入れになったのです」

井筒屋は困惑したように、白髪まじりの眉をひそめた。

「殺しの現場だ。茶人として名高い牧村兵部のもと家老、三好宗雪を刃物で殺《あや》めた男が落としていった」

「それは……」

三好の名を耳にしたとたん、商人の細い目が異様な輝きを放ったのを、愁之介は見逃さなかった。

短い沈黙がおとずれた。

先に口を開いたのは、井筒屋の方だった。

「で、お武家さまはいったい何をおっしゃりたいのです」

「べつに。ただ、三好を殺った矮軀の男のことを、何か知っているかと思ってな」

「それは、おあいにくさまですね。井筒屋の印籠を下手人《げしゅにん》が持っていたとしても、手前どもにはいっさい関わりありません。なにせ混元丹入りの印籠は、日に百人ものお客さまがお買い求めになっていかれます。そのひとりひとりのことを、手前どもにお尋ねになっても、しょせん、無理なご相談というものでしょう」

「だが、なかの大麻は」

「薬を使用したあと、入れ換えたのでしょう。たばこ入れに使っている方も多いときいております」

「そうかもしれぬな。手間を取らせた」

印籠を懐にしまうと、愁之介は椅子から立ち上がった。

「お役に立てませんで……」

井筒屋藤兵衛が深々と頭を下げた。

聚楽第《じゅらくてい》潜入

一

井筒屋を出た愁之介は、鳥羽《とば》街道をぶらりと歩いた。

通りをへだてた筋向かいに櫛屋《くしや》を見つけると、店に入って女物の櫛を何げなく品定めする。

櫛を選びながら、愁之介の視線は背後の井筒屋に何度も向けられていた。あとをつけてくる者がいないかどうか確認するためだった。

さいわい、尾行者はいないようだ。

秋草が描かれた蒔絵《まきえ》の櫛を布に包んでもらい、愁之介は店から往来に出た。

そのまま、町屋のあいだの路地に入り、狭い道を抜けて裏通りに出る。通りを南へ戻ると、井筒屋の黒塀が見えてきた。

店の表構えも広かったが、奥行きもかなりある。

裏通りに面したところは高い黒塀でぐるりと囲まれていて、そのはずれに一カ所だけ、家の者が出入りする裏木戸がもうけられていた。

愁之介は、井筒屋の黒塀と通りをへだてたところに神社の杉木立を見つけると、杉の老木の陰に身をひそめた。

神社の境内からは、裏口がよく見えた。

(井筒屋は何かを知っている)

愁之介はそうにらんでいた。井筒屋はそつなく応対していたが、目の奥にあきらかな狼《ろう》狽《ばい》の色があった。

一刻(二時間)、待った。

そのあいだ、家人と思われる身なりのいい老婆と中年増の女がいっしょに出てきた以外は、人の出入りはなかった。

日が傾いた。

夕焼けが神社の杉林を橙《だい》色《だい》に染め上げる。

しばらくすると、日差しも薄れ、あたりはとっぷりと闇につつまれた。

(出直すしかないか……)

愁之介が杉の木陰から出ようとしたとき、道のむこうから駕籠《かご》がやってきた。

黒塗りの駕籠だった。ふたりの屈強そうな人夫が、前と後ろで長柄《ながえ》を肩にかついでいる。

駕籠は井筒屋の裏木戸の前まできて止まった。

駕籠の戸をあけて、なかから人が出てくる。

黒絹の肩衣袴《かたぎぬばかま》に身をつつんだ、恰幅《かっぷく》のいい武士だった。顔を紫色の覆面ですっぽりとおっているので人相はわからないが、身なりからして、かなり身分の高そうな人物である。

覆面の武士が駕籠をかついできた男たちに二言、三言、低い声で何事かささやくと、男たちはからになった駕籠をかついで、もと来た道を引き返していった。

武士は通りの左右をちらりと見渡してから、裏木戸をたたいた。

三つたたいたあとに、少し間をおいてひとつ。さらに、二つたたく。

しばらくして、木戸が開けられた。

なかから手燭《てしょく》をかかげた女が顔を出す。卯《う》の花色の小袖を粋《いき》に着こなした、若い女だった。

手燭の炎が、女の白い顔を幻のように浮かび上がらせる。

（あれは……）

女の面ざしを見て、愁之介は思わず声を上げそうになった。

それは、山崎の祭りの夜、舟の上で情けを交わした女であった。

（たしか、お蘭《らん》という名であったな）

愁之介は思い出した。

女は武士をなかに招き入れると、あたりを用心深く見まわして裏木戸を閉じた。

ふたたび、静寂がおとずれる。

愁之介はしばらくそのまま、神社の杉木立に隠れていたが、やがて、木陰からすらりと身をすべらせると、井筒屋の裏木戸の前に立った。

武士と同じように木戸をたたく。

三、一、二と間合もそっくりまねて、合図を送った。

ややあって、木戸が内側から開く。

顔を出したのはお蘭ではなく、初老の男だった。井筒屋の屋敷に使われている小者なのだろう。

小者は見慣れない愁之介の顔を見て、あわてて木戸を閉めようとする。

愁之介は戸の隙間に刀の柄《つか》を突き入れた。無理やり戸をこじあけ、小者の鳩尾《みぞおち》に拳《こぶし》で当て身を入れる。

「うっ!」

とうめいて、小者が腹を押さえ、そのまま、地面に膝をつき、地べたへ前のめりに崩れ落ちる。

気を失ったようだ。

愁之介は小者の体を引きずり、庭の植え込みのなかへ隠した。作業がすむと、何事もなかったかのように飄然《ひょうぜん》と歩き出す。

井筒屋の庭には、鴨川から引いた池が満々と水をたたえていた。池のむこうに書院が見える。

書院には燭台の明かりが灯《とも》り、障子《しょうじ》に黒い人影が映っていた。

愁之介は池のふちをまわり込み、草履をはいたまま縁側に上がった。息を殺して障子の陰に身をひそめる。

なかから、人の話し声がした。

太刀の鞘《さや》に付いた小柄《こづか》を抜き、音がしないように静かに、刃先を障子につきたてる。小柄の刃の形に小さな穴があいた。

穴に顔を近づけ、座敷の内部を慎重にうかがう。

床の間を背にした上座《かみざ》には、さきほどの武士が脇息《きょうそく》にもたれてすわっていた。

覆面は取っている。

眼光鋭く、顔つきの険しい男だ。がっちりとした肩、とぎすまされた顔に、精気がみなぎっている。

武士のむかい側には、井筒屋藤兵衛がすわり、その横にお蘭がひかえていた。

「井筒屋、首尾はどうであった」

顎を撫《な》でながら、武士が問いかけた。

「はい」

と、うなずいて、井筒屋はうすい唇をにやりとゆがめる。

「三好宗雪は、うちの手の者に始末させましてございます」

「そうか、よくやった。あいつはわれらの企てに感づきはじめていたからな。それで、牧村家の茶道具の方は？」

「それならご心配いりません。すでに三日まえに、例のところに納めてございます」

「万事、手はず通りというわけか」

井筒屋と武士は顔を見合わせて、低く笑いあった。

「ところでこたびの一件、ほかの者に気づかれてはおるまいの」

「それが……」

と言って、井筒屋が口ごもる。

「何かあったのか」

「はい。じつは、孤猿《こえん》が三好宗雪を手にかけるところを見ていた者がいるのです」

「なに！」

武士の太い眉《まゆ》が、吊り上がった。

「いったい何者だ」

「いえ、ただの牢人者らしいのですが、殺しの現場に落ちていた印籠を拾ったと言って、今日の昼間、私を訪ねてまいりました」

「………」

「しかも、その印籠のなかには、私どもが裏であつかっているあほう薬が……」

「それはまずいではないか」

武士は顔をしかめ、渋面をつくった。

「どうぞご心配なく。うるさく嗅《か》ぎまわるようなら、即座に始末をつけます」

「まあいい、後のことはおまえにすべて任せたぞ」

「はい」

井筒屋藤兵衛は、落ち窪《くぼ》んだ目の底を光らせ、心得顔にうなずいた。

「それよりも、井筒屋。先日、殿におまえの仕事ぶりを話したところ、たいそう喜ばれてな。じきじきお会いになりたいと申されていた」

「おそれ多いことにございます」

「お陰でわしも、近々、中老《ちゅうろう》に取り立てられることになった」

「それは、おめでたいことでございます。さっそく祝いの宴を開かねばなりませぬな」

井筒屋はかたわらにいたお蘭に目配せした。

お蘭は軽くほほ笑むと、立ち上がって隣室へ姿を消した。

二

襖が開き、ふたたびお蘭がもどってきた。

キセル盆をささげ持ち、うしろに女を二人連れている。浅葱《あさぎ》色の小袖を着たうら若い娘たちだった。

お蘭の指示で、二人はそれぞれ武士と井筒屋の隣にすわった。

娘たちが男にしなだれかかると、お蘭は畳の上にキセル盆を置いた。茶入れから乾燥した麻の葉をつまみ上げ、それをキセルの雁首《がんくび》につめて火をつける。

キセルの口から、紫色の煙が立ちのぼり、妖《あや》しい香りが部屋にひろがった。

お蘭はそれを、上座にいる武士に手渡す。

武士は娘の体を片手で抱いたまま、キセルをうまそうにふかしだした。猛禽《もうきん》のように鋭い目に霧がかかり、赤黒い唇がだらしなくゆるむ。

つづいて、お蘭はもう一本のキセルに火をつけ、井筒屋に差し出した。井筒屋はうすく笑って、それを受け取った。

「おまえにも吸わせてやろう」

武士がそう入って、かたわらの若い娘の口にキセルをくわえさせる。

しばらく吸っているうちに、娘の頬が紅色に染まり、陶然とした表情に変わってきた。大麻《たいま》がきいてきたのだ。

「どうだ、くらくらするか」

武士はそう言いながら、娘の小袖のすそに手を伸ばし、合わせ目を割ると、むっちりした太腿を手で撫でまわす。

井筒屋のほうも、若い娘の襟元《えりもと》に骨ばった手を入れ、乳房をもみだす。

それを見ていたお蘭がそっと立ち上がった。キセル盆を部屋の隅に片付け、縁側の方へ歩いてくる。

愁之介は障子の陰から身を引き、縁側の端にある納戸《なんど》に隠れた。

やがて、お蘭が障子を開けて外に出てきた。

女が納戸の前を通り過ぎようとしたとき、愁之介は暗がりから身をひらめかせて、うしろから口を手でふさいだ。手足をばたつかせて暴れるお蘭を納戸に連れ込み、床に押え込む。

「静かにしろ。まんざら知らぬ仲でもあるまい」

愁之介は押し殺した声でささやいた。

恐怖に見開かれたお蘭の目が、うす明かりに照らし出された愁之介の美貌《びぼう》にそそがれる。

お蘭は、あっと驚いた表情をして、愁之介を見上げた。緊張していた手足から、力が抜けていくのがわかった。

愁之介は腰の脇差を抜くと、切っ先を女のうなじに向けた。

「いいか、騒げば命はないと思え」

愁之介の鋭い言葉に、お蘭は無言でうなずいた。

「お前、井筒屋の者だったのか」

うなじに刃を突き付けたまま、愁之介は口から手を離してやる。

「私は井筒屋藤兵衛の妾《おんな》です」

お蘭は拗《す》ねたように言った。

「そうか、なるほどな。やつらの企《たくら》みに、おまえも一枚噛《か》んでいたというわけか」

「ちがいます。私はただ……」

思わず声を高くしたお蘭の喉もとに、冷たい切っ先が触れる。

お蘭は青ざめた顔で、口のなかに湧いた生唾《なまつば》を呑《の》み込んだ。

「おれは、おまえたちが何を企んでいようと、そんなことには一切興味がない。おれが知りたいのは、牧村家の茶道具の行方だけだ」

「牧村家の茶道具……」

「井筒屋は例のところに納めたとか言っていたようだが、いったいどこなのか教えて欲しい」

「なぜそんなことを?」

「わけは言えんな」

女はしばらく黙り込んだまま、愁之介の顔を見つめていたが、やがてもとの落ち着きを取り戻すと、

「わかりました」

と言って、小さくうなずいた。

「でも、その前に刀をおおさめください。刃物をつきつけられたままでは、とても申せませぬ」

愁之介はお蘭の目を見つめ、黙って刀を鞘におさめた。

「で、茶道具はどこにある」

「あれは、数日前、聚楽第《じゅらくてい》の関白さまにお納めしたはずです」

「関白と言うと、秀吉のあとを受けて関白職を譲られた、甥の豊臣秀次《ひでつぐ》か」

「はい。牧村家の茶道具はすべて、秀次さまがお買い上げになったと聞いております。なんでも、明晩もよおされる月見の茶会に使われるとか」

「関白の茶会……。それも、明日の晩か」

愁之介はひとりつぶやくと、苦い顔をした。

「なにか、不都合でもあるのですか」

「おまえには関係のないことだ」

冷たく言い放つやいなや、愁之介はお蘭の鳩尾《みぞおち》に当て身を入れた。ぐったりとした女の体を納戸の隅に横たえ、愁之介は縁側から庭にすべり出た。

三

深夜——。

朧愁之介は京の町にいた。町はひっそりと寝静まっている。

目の前に、暗く沈んだ堀があった。堀のむこうは、白壁をのせた石垣がそびえ立ち、黒松の樹間に檜皮葺《ひわだぶ》きの屋根が見えた。

屋根の上からのぞく四層の天守閣が、月明かりを受け、銀色に輝いている。

聚楽第——。

天下人となった豊臣秀吉が、その富と権力にあかせて造営した、豪華絢爛《けんらん》たる邸宅である。

邸宅とは言っても、二重の水堀にかこわれており、石垣の隅には櫓《やぐら》が築かれ、しかも、鉄鋲《かなびょう》が打ち込まれた巨大な門がそびえている。その防御の構えは、要害堅固な城と何ら変わりがなかった。

だが、築城なったばかりの伏見城に秀吉が移った今では、甥の関白秀次がこの聚楽第の主におさまっている。

牧村兵部の茶道具は、井筒屋たちによって聚楽第に納められたという。とすれば、千利休が呪い文字を書きつけた唐子釜も、この城のどこかにあると見ていい。おそらく茶室に置いてあるはずだ。

だが、問題はどうやってそこまで侵入するかである。

相手は、手だれの武士が数千騎かかっても容易に落とせそうもない堅城である。単身もぐりこむなど、

(正気の沙汰……)

ではない。

だが、明晩の茶会までに、なんとしても釜を取り返さねばならなかった。

愁之介はそそりたつ聚楽第の石垣から目をそらすと、堀のまわりを歩きはじめた。

堀の外には、諸大名の屋敷が城をかこむようにつらなっている。

東北隅にある黒田屋敷のところまで来たとき、愁之介は堀端をはなれて屋敷の角を東へ折れた。

暗い道だった。

黒田屋敷と道をへだてた反対側に、同じような構えの屋敷があった。長いあいだ人が住

んでいならしく、練塀《ねりべい》はところどころ崩れ落ち、うっそうと生い茂る樹木が庭に暗い影を落としている。

愁之介は荒れ果てた屋敷の塀ぞいに道をたどり、表の薬医門《やくいもん》の方にまわった。

門はかたく閉ざされ、上から杉板が打ちつけてある。やはり、空き家だった。

門柱に、埃をかぶった門札がかかっている。

埃を指先でぬぐうと、

――千
と、持主の名が読み取れた。そこは、利休切腹後、買い手もつかずに放置されていた千家の屋敷であった。

愁之介は門札の前で一瞬、皮肉な笑いを頬にためてから、門脇の崩れた練塀の隙間に細身の体をすべり込ませた。

敷地に入ると、白砂がまかれた前庭がひろがっていた。雑草がのびて見る影もない庭のむこうに、御殿づくりの玄関が見える。

屋敷は檜皮葺きの屋根をのせ、幾棟も連なっている。

利休の京屋敷は七十間《けん》(一二六メートル)四方あったというから、大名の毛利邸や上杉邸よりもはるかに広大だった。

だが、主のいない悲しさで、さしもの広壮な邸宅も化物《ばけもの》屋敷のような不気味な景観を呈している。

愁之介は建物の方へは行かず、敷地の東北隅へ向かった。

干上がった池を渡り、楓《かえで》が暗く枝を伸ばす築山《つきやま》を越えたあたりに小さな社《やしろ》があった。平安時代の陰陽師《おんみようじ》、安倍晴明《あべのせいめい》を祀《まつ》った晴明神社である。

利休屋敷のあたり一帯は、かつて、安倍晴明の邸宅があった場所でもあった。

社の横には、晴明水《せいめいすい》と呼ばれる井戸がある。

——無比の冷泉
として巷間《こうかん》に名高かった井戸だが、今は使うものもなく、腐りかけた井桁の上に枯葉が厚く積もっている。

愁之介は井戸に近づくと、腰をかがめてなかをのぞき込んだが、暗くてよく見えない。

こうこうと輝く月明かりも、井戸の底までは届かなかった。

ふと見ると井戸の底へむかって綱が垂れている。

綱の一方の端は覆《おお》い屋の柱にしっかりと結びつけられ、井戸に伸びたもう一方の端には釣瓶《つるべ》がついているようだった。綱は太く、丈夫なものだ。

愁之介は用意してきたロウソクをふところから取り出すと、火打ち石をきって火をつけた。

火のついたロウソクを口にくわえ、綱をつたって井戸の底へ下りていく。

五間くらい下りたころ、ようやく水面が見えてきた。すでに井戸は涸《か》れているのか、水は膝くらいまでしかなかった。

綱を離して水のなかへ下り立つ。

愁之介はロウソクを右手に持ちかえ、井戸の壁面を照らした。

（やはり、あったか）

愁之介は安堵《あんど》のため息をついた。

井戸の石壁には、横穴があいていた。

人がひとり、ちょうど通れるくらいの高さで、奥はどこまで通じているのかわからないほど深い。

穴のむこうからは、冷たい風が流れていた。

京屋敷の晴明水の底には、聚楽第からの抜穴が通じている——千家一門のあいだには、昔からそんな言い伝えが残っていた。

これまで誰も確かめた者はいないが、どうやらそれは本当だったらしい。

抜穴は、秀吉が造らせたものだろう。いざというときの脱出口として、大名ではなく、茶人である千利休の屋敷を選んだのは、秀吉らしい用意周到さであった。

愁之介はちらりと頭上を見あげてから、その横穴に入った。

奥へ進むにしたがい、足もとを濡らしていた水が浅くなっていき、やがてかたい石の床に変わる。

そこから、ゆるい上り坂になった。

愁之介は、まっすぐにのびる横穴を早足で歩きつづけた。

ロウソクが残り少なくなってきたころ、穴はつきた。

愁之介が出たのは、晴明水と似たような涸れ井戸の底だった。涸れたと言うより、最初から水など湧いていなかったのかもしれない。

井戸の底に釣瓶がころがっていて、地上から縄がのびていた。

愁之介はロウソクの火を吹き消すと、ふところへおさめ、縄をつたって上へのぼりはじめる。

井戸の上には木の蓋が打ちつけてあった。

愁之介は縄につかまりながら、片手で必死に蓋を押し上げた。

力を入れすぎたせいか、外れたはずみに蓋がころがり落ち、思いもかけない大音響をたてた。

（しまった）

愁之介は舌打ちした。

刀の柄に手をかけ、全身を緊張させてしばらく待つ。だが、まわりで人の騒ぎだす気配はない。

愁之介は井戸のふちにつかまり、すらりと外へ躍り出る。

そこは、だだっ広い厨《くりや》(台所)のなかだった。

柱も天井の梁《はり》も黒くすすけ、土のかまどが十ばかり並んでいる。壁ぎわには、目の粗い竹ざるや枡《ます》がたてかけてあった。

深夜なので、みな寝静まっているのだろう、人影はなかった。

愁之介はころがり落ちた蓋をもとに戻し、厨の入り口の板戸に近づいた。細めに戸を開けて、誰もいないのを確かめてから、外へ出る。

石垣の下に、曲輪《くるわ》が見える。曲輪には馬場《ばば》があり、その横の厩《うまや》に馬が数頭つながれていた。

厩のむこうは水濠になっていて、よどんだ水面に月明かりが映っている。さらにむこう側にも堀が見え、大名屋敷はその堀の外にあった。

ということは、ここは内堀のなかである。それも、聚楽第の中枢部ということになる。

「本丸に出たわけか」

愁之介は白皙《はくせき》の美貌をゆがめて、にやりと笑った。

四

石垣にそって歩いていくと、つきあたりは板塀になっていた。塀の一角にくぐり戸があった。

音をたてないように、用心深く戸を開ける。隙間に顔を寄せてあたりをうかがうと、左側に車寄《くるまよ》せ、その向かいに唐門《からもん》がそびえていた。

車寄せにはあかあかと篝火《かがりび》が焚《た》かれ、火のまわりに三、四人の番士が集まって、なにやら立ち話をしていた。

愁之介はくぐり戸を静かにしめた。

厨へもどり、板敷きの上へあがって高窓から外を見る。

厨の奥にも板塀があって、そのむこうは樹林の生い茂る広い庭になっていた。耳を澄ますと、かすかに滝の音が聞こえる。

茶室があるとすれば、そちらの方であろう。

愁之介は厨を出た。さきほど向かったのとは反対側へ歩いていく。

角を曲がってしばらく行くと、板塀につきあたった。塀といっても低いもので、おそらく、庭園と厨を区切るための目隠しのようなものだろう。

愁之介は塀に手をかけ、長身をひらめかせて上りつくと、軽やかに向こうがわへ下り立った。

聚楽第の防御施設は、本丸にいたるまでのあいだにある。本丸に入ってしまえば、ただの屋敷と変わらなかった。

庭には、椿《つばき》、楓《かえで》、梅など、さまざまな名木が植えられている。

そのあいだを抜けて、愁之介は池のほとりに出た。

瓢箪《ひょうたん》形の広々とした池だった。水面に、蓮《はす》の葉が浮かんでいる。

池の水のみなもとは、築山の一角に造られた石組みからこぼれ落ちる滝にあった。夜闇のなかで白い帯となって、激しい水音をたてている。

池の対岸に、広縁《ひろえん》をめぐらした大広間があった。

その奥にはさらにいくつかの棟がつづき、しんと静まり返った暗がりのむこう側に、二階建ての御殿が見えた。

愁之介は池のふちをまわって、大広間の広縁に上がった。

障子を開けてなかをのぞく。

百畳敷きほどの広間は森閑《しんかん》としており、人の姿はなかった。老松を描いた金屏風《びょうぶ》が、月明かりを反射して鈍い輝きをはなっている。

足音を殺して広縁を歩いた。庭のほうを見下ろすと、木立を透かして、軒の低い建物がかいま見えた。

茶室である。間違いない。

愁之介は広縁から庭へ下り立ち、樹々のあいだを走った。

雑木の生い茂る庭の奥は、赤松の林になっている。

茶室はその松林の横にあった。

愁之介はあたりに人影がないのを確かめて、足早に茶室に忍び寄った。正面のにじり口の戸を開け、体をかがめてなかに入る。

畳の上に立て膝をすると、残しておいたロウソクをふところから取り出し、火打ち石で火をつけた。

ロウソクの芯《しん》に灯《ひ》がともり、茶室の内部をぼうっと照らし出す。

三畳台目《だいめ》の茶室であった。

茶室の隅には炉《ろ》が切ってあり、きれいに灰が敷かれていた。だが、かんじんの茶釜は炉にすえられていない。

茶会の準備は明朝にまわしたのか、床の間の花入れもなければ、掛軸、茶碗などもいっさい置いてなかった。

愁之介は部屋をぐるりと見渡す。

にじり口の反対側に、亭主の入ってくる茶道口《ちゃどうぐち》があった。

愁之介は立ち上がって、茶道口から奥へ入っていく。そこは横に細長く伸びた、控えの間になっていた。

そこからつづく廊下に面して、鍵のかかった納戸がつづいている。大事な茶道具をしまっておくためのものだろう。

念のため、納戸の引手に指をかけて引いてみる。やはり動かない。

愁之介はふたたび茶室に戻った。

さっとあたりを見まわして、炉にあった火箸を拾い上げると、納戸の前に取って返して、それを鍵穴に差し込んだ。

しばらく動かしているうちに、コトリと鍵の落ちる音がする。

愁之介は火箸を床に置いて引手を引いた。

納戸は段になって区切られていた。いちばん上の棚に、茶碗が入った木箱が並んでいる。中段には竹籠の花入れがあり、もっとも下の段には茶釜があった。

釜は全部で三つある。

愁之介はロウソクをかざして、右端から順番にあらためていった。

そのひとつに視線を落とすなり、

「これだな」

とつぶやいて、釜を納戸から引きずり出した。

見事な釜だった。

ゆったりと腰が張り、全体に風雅な曲線を描いている。

なによりも目を引くのが、その鐶付《かんつき》の装飾であった。唐子《からこ》が寝そべっている姿が、じつに精巧に鋳造《ちゅうぞう》されている。

唐子釜と呼ばれるのも、そのせいだろう。

愁之介は蓋を取って、釜の底をのぞき込んでみた。だが、利休が記したという、呪いの文字は見えない。

（道安は釜を水に濡らすと文字が浮かび上がると言っていた。念のため、水に濡らしてみるか……）

愁之介は納戸を閉じて、唐子釜を小わきにかかえた。茶室に戻ってロウソクの火を吹き消し、にじり口から外へ出る。

松林を通って滝のところまで引き返した。月明かりを浴びた滝から、白い宝玉のようなしぶきが舞い散っている。

唐子釜を滝の水に浸《ひた》そうとしたそのとき、

「何をしているッ!」

横から鋭い声が飛んできた。

池の岸辺に男が立っていた。紺色の刺子《さしこ》の稽古着に同じ色の袴をはいた、壮年の男だった。腰に黒鞘の太刀をぶち込み、血走った目で愁之介をにらんでいる。あたりに放つ殺気からして、ひとかどの武芸者であろう。

「きさま、そこで何をしておった」

男は野太い声で言った。

「夜風に誘われて、滝見をしていた」

愁之介は少しもあわてず、静かな口調でこたえる。

「滝見だと！　この真夜中にか……。ならば、その腕にかかえているものは何だ」

「これか」

と言って、愁之介は小わきに抱いていた茶釜に視線を落とし、うっすらと笑った。

「これは茶釜だ。見ればわかるだろう」

「おのれ、盗っ人たけだけしいとはきさまのことだ。おれは、きさまが茶室から釜をかかえて出てくるところを見ていたのだぞ。妙な言い逃れは許さんッ！」

男は踏み込みざま抜刀すると、愁之介の胴めがけ横に払ってきた。

愁之介は釜を草の上に投げ捨て、うしろへ一歩引き下がって刀を抜く。

男がふたたび真《ま》っ向《こう》から斬りつけてきた。その太刀を愁之介は顔の前で受け止めた。

——ガッ！

鈍い音がして、火花が散った。

男は力まかせに押しつけ、いきなり、うしろへ跳び下がった。一瞬遅れて、愁之介は刀を薙《な》ぎはらったが、切っ先は相手に届かない。

男は上段に構えた。

愁之介は刀を引き、地ずりに構える。備前長船景光《びぜんおさふねかげみつ》が、露でも含んだように月明かりに濡れていた。

「おまえは、近ごろ関白秀次に召し出されたとかいう武芸者のひとりだな」

相手の目を見つめたまま、愁之介は言った。

「その通りだ。おれは、秀次公に剣の指南をしている。ここで、おれに見つかったのが、運のつきだ」

男はにやにやと鼻の先で笑った。そのあいだにも、間合をじりじりと詰めてくる。

愁之介は男の目を見据え、

「その程度の腕で剣の指南とは、片腹痛いな」

「きさま、言わせておけばッ！」

男がまなじりを吊り上げ、送り足で一気に近づいてきた。

——ト、リャーッ。

奇声とともに、正面から斬りかかってくる。

(いまだッ!)

愁之介はすばやく敵のふところに跳び込むと、下から剣先を突き上げた。

男の動きが、止まった。

喉笛の一寸手前に、景光の切っ先がある。男の顔色がにわかに青ざめ、額から脂汗がしたたり落ちた。

「どうする気だッ!」

男が叫んだ。

次の瞬間、愁之介は剣をひるがえして男の胴を薙ぎ払う。

男は目を凝然《ぎょうぜん》と見開いたまま、うしろへ二、三歩のけぞって、どうと倒れた。

「峰打ちだ、悪く思うなよ」

愁之介は冷たくつぶやくと、釜を拾い上げて駆け出した。

禁断の地下蔵

一

泉州堺《せんしゅうさかい》――。

納屋衆《なやしゅう》のひとり、魚屋《ととや》邸の奥座敷。

明け方の弱い日差しが、屋敷をぼんやりとつつんでいる。

畳の上に置かれた唐子釜《からこがま》をはさんで、朧愁之介《おぼろしゅうのすけ》と千道安《せんのどうあん》が向かい合っていた。

「よくぞやった、愁之介」

利休鼠《りきゅうねずみ》の小袖《こそで》に檜皮《ひはだ》色の道服を着込んだ異母兄の道安は、相好《そうごう》を崩して言った。唐子釜がみつかったことで、憂いが晴れたのだろう。道安の口はいつになく、なめらかだった。

「それにしても、聚楽第《じゅらくてい》に忍び込むとは大胆不敵なやつよ」

「……………」

「この唐子釜は、わしが預かっておくことにしよう。それでよいか」

「異存はございませぬ」

愁之介は冷たい顔を崩さず、静かにうなずいた。

「これで、千家一門の赦免も間違いないであろう。どうだ、愁之介。おまえもこれを機に朧の名を捨て、千家一門に加わらぬか」

「いえ」

愁之介は首を横に振った。

「私は茶の道に生きるつもりはありません。いまの朧愁之介のままで、十分です」

「そうか……。知っての通り、わしには後継ぎがない。おまえさえよければ、養子に迎えようと考えていたのだが」

道安の皺《しわ》深い顔に、ふっと寂寥《せきりょう》の影がよぎる。

「まあ仕方なかろう。人にはそれぞれの生き方があるものよの」

道安はつぶやくように言った。

道安の言葉に、愁之介は硬い表情のまま、無言で頭を下げた。

「それよりおぬし、飯《めし》でもつき合っていかぬか。安堵《あんど》したら、急に腹が減ってきた」

道安はそう言うと、廊下の方にむかって手をたたいた。

すぐに、落ち着いた風情の、品のいい小女《こおんな》が入ってくる。いつの間に用意したものか、小女は根来《ねごろ》塗りの膳をささげ持っていた。

小女は二人の前にそれぞれ膳を置くと、頭を下げて去っていく。

膳の上には三島《みしま》茶碗と青竹の箸がおかれていた。茶碗のなかには飯が盛られ、だし汁が張ってある。そのうえに、千切りにした海苔《のり》と茗荷《みようが》がのっている。

「近ごろ世間で、利休めしと呼んでいるものだ。父が考案したのだが、食のすすまぬときにはなによりだぞ」

「馳走《ちそう》になります」

愁之介は箸に手をつけようとして、その動きをとめた。秀麗な眉《まゆ》をひそめ、目の前の唐子釜に射るような鋭い視線を投げかける。

「どうしたのだ、愁之介」

道安が茶碗を置いて、顔を上げた。

「道安どの。利休居士《こじ》の唐子釜は、たしか古天明《こてんめい》の釜」

「そう。釜師の辻与次郎が、古天明の釜の胴から下を鋳直したものだが」

「妙です」

と言って、愁之介が唐子釜を顎でしゃくった。

「さきほどまでは暗くてよく見えなかったのですが、鋳直したものならその継目がどこかに残っているはずです。しかし、この釜にはそれらしい跡がどこにも見当たりません」

「なに！」

道安はあわてて席を立つと、唐子釜ににじりよった。でっぷりと肥えた膝の上に釜をかかえ、両手でまわしながらじっくりと見る。

その顔が、しだいに険しくなってきた。

「これは……」

道安がうめいた。

愁之介がすらりと立ち上がった。道安の手から釜を受け取り、素足のまま縁側から壺庭へ下り立つ。

苔《こけ》を踏みしめて、ヤツデの葉陰にある小さな池に近づくと、片手で水をすくって唐子釜のなかにそそぎ入れた。そのまま、釜をゆっくりと揺する。

愁之介は、濡《ぬ》らした釜を持って縁側に引き返した。水を含んだ唐子釜は、朝の明かりにしっとりと輝く。

座敷の奥から出てきた道安が、身を乗り出して釜の底をのぞき込んだ。

「ない。利休居士の呪いの文字が浮き出てこぬぞ……」

道安は声を上げて、愁之介の顔をじっと見つめた。道安の顔が蒼白になっている。

愁之介は黙って座敷に上がると、部屋のすみに置いてあった大小を腰に差した。

そのまま、背中を向けて出て行こうとする。

「愁之介、どこへ」

道安が叫んだ。

「少しばかり、心当たりがありますので確かめてまいります。では、ごめん」

愁之介はそう言い捨てると、身をひるがえして立ち去った。

二

愁之介は堺から舟に乗り、大坂の天満橋《てんまばし》に着いた。天満橋の船着場で川舟に乗りかえて、淀川をさかのぼる。
江口
枚方《ひらかた》
水無瀬《みなせ》
と過ぎて、山崎にさしかかるころから、空模様があやしくなってきた。空が鈍《にび》色の雲に隠れ、突然、驟雨《しゅうう》が川面《かわも》をたたきはじめる。
愁之介は船頭から蓑《みの》と編み笠を借りて雨をしのいだ。
草津湊《みなと》に着いたときには、雨はやや小降りになっていた。
蓑と笠を船頭に返し、雨に濡《ぬ》れた小袖のしずくを払って舟から下りる。
愁之介は川べりの道を早足に歩き出した。あたりには草が生い茂っている。

愁之介が向かっているのは、薬種商の、——井筒屋だった。本物の唐子釜の行方を知っているとすれば、あの薬屋一味以外に考えられない。

愁之介が岸辺の舟小屋の角を曲がろうとしたとき、いきなり、飛び出してきた影があった。

三人いる。

黒い忍び装束に身をつつんだ、人相の険しい男たちだ。そのなかのひとりに見覚えがあった。

三好宗雪を手にかけた矮軀《わいく》の賊——井筒屋が、

「孤猿《こえん》」

と呼んでいた男だった。

孤猿を中心に、三人の男たちは愁之介の行く手をはばむように立ちはだかった。

「やはりあらわれたか、痩《や》せ牢人め」

孤猿は黒っぽい唇をゆがめて、頰《ほお》に醜い笑いを刻んだ。

「おまえに用はない。道をあけろ」

愁之介は言った。

「そっちに用はなくとも、こちらにはある。おまえが姿をあらわしたら、始末をつけろと、井筒屋藤兵衛さまに命じられたのよ」

「なに、井筒屋が」

愁之介が切れ長な目を冷たく光らせた。

「おまえも馬鹿なやつだ。余計なことに首を突っ込まなければ、死なずにすんだものを」

「さあ、死ぬのはどっちかな」

愁之介は低くつぶやくと、備前長船景光《びぜんおさふねかげみつ》を抜きはなつ。

それより一瞬早く、敵のひとりが跳躍していた。猿《ましら》のような身軽さだった。

宙に高く舞い上がった男は、いきなり、撒き菱《まびし》を投げつけてくる。

愁之介は抜いた刀をひらめかせ、撒き菱を薙《な》ぎ払った。

そのすきに、左側にいた男が跳躍する。男は愁之介の顔面めがけて、手につかんだ灰を投げつけた。

とっさに小袖の袂《たもと》で顔をおおうが、間に合わない。愁之介は灰にむせた。

孤猿が動いた。小刀を抜きはらって襲いかかってくる。

愁之介は右足を引いて半身になった。

肩先を、孤猿の刃がかすめていく。

肩に痛みが走った。

かわしきれずに、小刀の先が肉をえぐったのだ。傷口から鮮血があふれる。

「どうやら、おまえの運もつきたようだな」

孤猿があざ笑った。

愁之介は、刀を地ずりに構える。

孤猿は正面に、あとのふたりは左右に散っている。

孤猿が走り出した。小刀を突き出し、奇声をあげて突っ込んでくる。

愁之介は目をつむると、孤猿に背中を向けた。〝影《かげ》の灯火《ともしび》〟の構えだった。

「二度と同じ手は食うものかッ!」

孤猿は叫びざま、地面を蹴《け》って高々と跳躍した。愁之介の頭上を跳び越え、一気に反対側へ着地する。

相手の動きを予期していたかのように、愁之介はツツッと前へ踏み込んだ。備前長船景光を逆袈裟《さかげさ》に斬りあげる。

孤猿の股間から腹を一直線に斬り裂く。血しぶきが飛んだ。

孤猿はのけぞるように草の上に倒れた。

「影の灯火は、人の気配にむかって斬りつける技だ。たとえ前へ逃れても同じことだ」

愁之介は冷たい声で、低くつぶやいた。

残った二人が、同時に動いた。小刀をかざし、左右から走り寄ると、勢いをつけて跳躍する。

愁之介は体勢を低くした。剣先を巻き上げ、若鮎《わかあゆ》のように刃をひらめかせる。

草の上にひとりがたたきつけられた。ばっさりと胴を斬られている。

もうひとりも、草の上に落ちた。こちらは膝の関節を斬られ、もがいている。

愁之介は、男のひとりにゆっくりと近寄った。

「おい」

愁之介が声をかけた。

顔を上げた男にむけて、刀を真っ向から突き下ろす。刀の切っ先は、男の鼻先からわずか一寸《いっすん》手前で止まった。

男が目を剝《む》いた。がたがたと震え出す。

「た、たすけてくれ。お願いだ」

男は口から白い泡を噴き、情けない声をあげて懇願する。

「井筒屋は店にいるのか」

愁之介は男の目の前に刀をつきつけたまま、問いかけた。

「藤兵衛さまなら、河瀬《かわせ》どのといっしょにお出かけになった」

「河瀬？　それはいったい誰だ」

「…………」

男は苦しげに顔をゆがめた。

その顔すれすれに、愁之介がすっと刃を動かす。冷たい風が男の頬に当たった。

「か、河瀬玄蕃《げんば》どのだ。石田治部少輔《じぶしょう》三成さまのご家中の……」

「石田三成の家中だと。井筒屋に覆面姿であらわれる武士のことだな」

男は目の前の刃を気にしながら、青い顔でうなずいた。

「それで、二人はどこへ行ったのだ」

「納所《のうそ》だ。納所にある井筒屋の蔵に行くと言っていた」

「そんな場所へ、いったい何をしに行った」

「それ以上のことは何も知らない。おれは、井筒屋に用心棒として雇われているだけだ。後生だから、このへんで許してくれ」

男はわめいた。

愁之介の端整な顔に、さっと妖気が立ちのぼった。次の瞬間、いきなり刀を返して、男の首筋を峰打ちにする。

「げえっ!」

押し潰《つぶ》されたような声を上げると、男は白目を剝《む》いて気絶した。

三

草津から納所へは、南へ半里(二キロ)。

愁之介は草津湊で小舟を借り受け、みずから竹竿《たけざお》をあやつって川をくだった。

相変わらず、雨が降りつづいている。霧のような雨は、愁之介の髪を濡らし、晒《さらし》を巻いた肩の傷を濡らした。

靄《もや》にけぶる川面《かわも》のむこうに、納所の船着き場が見えてきた。

靄のなかに唐人雁木《とうじんがんぎ》の石段が浮かび上がる。ほんの二日前、お蘭と名乗る井筒屋の妾《おんな》ときぬぎぬの別れをかわした船着き場だった。

愁之介は唐人雁木に舟を着けた。石段をのぼって岸に上がる。

納所の船着き場のあたりは、京、伏見の商人たちの蔵が数多く立ち並んでいた。

愁之介は雨のなかを影法師のように歩いた。

白壁の蔵には、屋敷の下にそれぞれの店の家紋がしるされている。それをひとつひとつ確かめながら、雨のふりしきる通りを歩いていく。

「ここか……」

愁之介は、とある蔵の前で立ち止まった。

まわりの蔵に比べて、ひときわ大きな蔵だった。白壁に井桁《いげた》の紋がくっきりと描かれている。井桁は井筒屋の家紋である。

蔵の扉は閉じられている。

引手に手をかけて引いてみたが、びくともしない。隙間《すきま》からのぞいてみると、なかにぼんやりと明かりが灯《とも》っているようだった。

愁之介はしばらく思案していたが、やがて、扉をたたきだした。
三、一、二、と間をおいてたたく。井筒屋の裏木戸をあけたときと同じ合図である。
ややあって、蔵のむこうから足音が聞こえ、

「孤猿か。御苦労だったな」

男の声がした。つづいて、中からつっかえ棒をはずす気配がする。

愁之介は扉の横に身を隠した。

男が顔を出した。黒装束を着た、髭面《ひげづら》の男だった。

愁之介はすばやく身をひるがえし蔵の中へ入ると、男の鳩尾《みぞおち》に刀の柄を突き入れた。前のめりに倒れてくる男の体を支え、音をたてないように床に横たえる。

蔵の扉を静かに閉めた。

蔵の中には燭台が置かれ、ロウソクの明かりが灯されていた。

床の上に、備前焼の壺が所狭しと並んでいる。それぞれ、甘草《かんぞう》、苦参《くじん》、五味子《ごみし》などと書かれた白い札が貼《は》ってあった。どれも、漢方の生薬《しょうやく》の名前だった。

なんの変哲もない薬屋の蔵だった。

蔵の中には、河瀬玄蕃どころか、井筒屋藤兵衛の姿もない。

(だまされたのか……)

という思いが、頭をかすめた。

（だが、ただの蔵であれば、黒装束を着けた孤猿の手下が、わざわざ見張っている理由もないだろう）

愁之介はロウソクの明かりを手にとって、注意深く蔵のなかを見渡した。

蔵の奥のほうを見ると、壁ぎわに赤い布きれをより合わせて作った、太い紐《ひも》が垂れ下がっているのに気づいた。

愁之介は紐に近づいた。

紐の先は天井をつたって、どこかに通じているようだった。紐を強く引いてみる。

突然、木がきしむような音がした。

――ギ、ギ、ギ……。

足もとの床板の一部が上にむかって口を開け、地下へとつづく石段が、そこに忽然《こつぜん》とあらわれる。

「こんな場所に通路が……」

愁之介は暗い石段を見つめ、口のなかで低くつぶやいた。

石段を十段ほど下りていくと、すぐ平坦《へいたん》な踊り場に出た。踊り場の奥には土を塗り固めた観音開きの扉があり、その横にさらに下へおりる石段が見えた。

愁之介は石段の方へ足をむけた。

壁にはところどころに灯明皿《とうみょうざら》がすえられ、足もとをぼんやりと照らしている。どうやら、石段のつきあたりに地下室があるらしい。愁之介は壁づたいに息を殺しながら、地下室に忍び寄った。

そこは吹き抜けの大広間になっていた。

明かりがこうこうと灯された広間では、十人近い男たちが、動きまわっている。土をこねてろくろを回す陶工、粘土で霰釜《あられがま》の型を作る釜師、掛軸の表装《ひょうそう》をしている表具師の姿もあった。

男たちの顔には人間らしい表情というものがいっさいなかった。あるいは、麻薬でも与えられ、働かされているのかもしれない。

愁之介は引き返した。

石段をのぼり、踊り場に戻る。

あたりを見まわしてから、踊り場の奥にある観音開きの扉に近づいた。

静かに扉を押し開く。

扉のむこうは闇につつまれていた。人の気配もない。かび臭い匂《にお》いが鼻をつく。

愁之介は通路の壁から灯明皿を取ってくると、ふたたび部屋のなかに入った。

そこは、広さ十畳ほどの地下蔵だった。

壁ぎわに木の棚が組まれ、大小さまざまの品々が収蔵されている。愁之介は、棚を灯明の明かりで照らしてみた。

天目《てんもく》茶碗、呂宋《ルソン》の壺、腰張釜《こしはりがま》、胡銅《こどう》の花入、肩衝《かたつき》、香炉《こうろ》、茶杓《ちゃしゃく》、床飾《とこかざ》りの墨蹟《ぼくせき》……。ざっと見ただけでも、百は下らない茶道具がならんでいる。

愁之介はそのうちのひとつを手に取った。

青磁《せいじ》の香炉だった。

蓋《ふた》の取っ手に千鳥《ちどり》の彫刻が刻んである。太閤秀吉が所持している「千鳥」と呼ばれる天下の大銘物《だいめいぶつ》によく似ていた。

そのとなりにあるのは、

「初花肩衝《はつはなのかたつき》」

「松花茶壺」

いずれも、天下の大銘物にそっくりである。

(ここは贋作《がんさく》を作る工房だったのか……)

愁之介は棚にある茶道具をつぎつぎと見てまわった。

すべて贋作だとすれば、あまりにも見事な出来ばえである。幼時から茶道具を見慣れてきたはずの愁之介でさえ、にわかに真贋の区別がつけがたいほどだった。

憑《つ》かれたように茶道具を追っていた愁之介の目が、にわかに一点に吸い寄せられた。

釜があった。鐶付《かんつき》に唐子が寝そべっている。

（唐子釜だ）

愁之介は思わずその釜をつかんだ。

そのとき――。

入り口のほうで足音がした。

四

地下蔵の入り口に、女が立っていた。

「お蘭……」

凄艶《せいえん》な笑みを浮かべる女の顔を見て、愁之介は声を上げた。

女は蔵に入ってくると、愁之介の手もとをのぞき込んだ。

「あなたが捜していたのは、それだったのかしら」

お蘭は意味ありげな流し目をくれる。

「これは、牧村兵部が所蔵していた唐子釜なのか」

「そう、正真正銘の本物よ。それだけじゃないわ。ここにある茶道具はすべて、掛値なしの本物ばかり」

「ばかな……」

　愁之介はうめいた。

「これは、贋作ではないのか」

「ふふ、地下の細工所《さいく》を見たのね。あそこで作られたものは、この蔵に残される本物と引き換えに、世間に出回っていくのです。だから、いま天下の銘物ともてはやされているものは、じつは真っ赤な偽物《にせもの》ばかりというわけ」

　お蘭は白い喉をそらせて、おかしそうに哄笑《こうしょう》した。

「不思議なものね。もっともらしい顔をして茶の湯を点《た》てるお偉い人たちが、それに気づかないなんて」

「…………」

「ほんとうの美しさもわからないくせに、茶と聞けば目の色を変える愚かな人たちには、偽物の茶道具でちょうどいいわ」

「おまえ、茶の湯になにか恨みでも持っているのか」

　女の目をみつめながら、愁之介が聞いた。

「それは……」

　お蘭は一瞬、目を伏せてうつむいた。が、すぐに顔を上げ、美しい眉を吊り上げる。

「恨みなんてものじゃない。わたしは、茶釜ひとつのために、井筒屋に妾として売られたんですもの」

「茶釜ひとつのために？」

「そうです。わたしの父は貧乏な武士でした。それが、あるとき突然、茶の湯に取り憑かれ、茶釜ひとつの代金と引き換えに、娘を売りはらったのです」

「………」

「わたしはその日から、茶を憎むようになったの。茶の湯は、人の心を狂わせるわ」

そう言うと、お蘭は唇を嚙《か》みしめた。

「おれはむかし、それと同じ言葉を叫んだ女を見たことがある」

「え！」

「おれの母だ」

横顔に暗い翳《かげ》りを秘めて、愁之介が静かにつぶやいた。

「あなたの……」

「そうだ」

「あなたの母者も茶の湯を憎んでいたの」

「おれの母は、茶の湯に狂った男に一生をだいなしにされた。だから、母ばかりでなく、おれも茶の湯を憎む」

「わたしたちは似た者同士というわけかしら」

お蘭の目が哀しげな輝きを見せた。

「それにしても、井筒屋たちはなんのためにこんなことをたくらんでいるんだ」

「お金です。名のある茶道具なら、金に糸目をつけないで買いあさろうとする客は、当節、いくらでもいると井筒屋が言っていました」

「それだけではないだろう」

愁之介は言った。

「井筒屋と組んでいる河瀬玄蕃という侍、あれは石田治部少輔の家中だそうだな」

「どうしてそれを……」

お蘭の顔色がにわかに青ざめた。おそろしそうに、唇をぶるぶると震わせる。

「背後に石田の家来がいるとなれば、これは背後に大きなたくらみが……」

「やめてッ！　それ以上は口にしない方がいいわ。知りすぎて命を落とした者が、もう何人もいるのです」

「牧村家の家老、三好宗雪もそのひとりか」

「あの人は、自分があずかっていた茶道具を、井筒屋が贋作にすり替えてしまったことに気づいたのです」

「殺したのは口封じというわけだな」

愁之介は片頬に皮肉な笑いを浮かべる。

「あなたも、殺されないうちに早く逃げたほうがいい。井筒屋たちが、外へ出ているからいいようなものの、さもなければ……」

「おまえはなぜ、おれを助けようとする」

「それは……」

お蘭は言いかけて口をつぐみ、愁之介を見上げた。

哀しげなまなざしが、どこか死んだ母に似ていると、愁之介は思った。

「おまえは、こんな場所にはふさわしくない女だ。おれと一緒にこい」

「あなたと一緒に?」

お蘭の白い顔が、一瞬、輝いたように愁之介には見えた。

「でも。井筒屋たちは……」

「無理じいはしない。おまえの好きなようにするがいい」

愁之介はそう言うと、唐子釜をかかえて立ち上がった。

地下蔵を横切り、扉に手をかける。

「待って、わたしも行きます。誰かに見つかっても、わたしならうまく言いくるめられるでしょう」

お蘭が言った。

足音をしのばせて、地下通路を歩く。あたりには、相変わらず人影がなかった。

石段を駆け上がる。

地上へ通じる扉は、開けっ放しになっていた。愁之介が先に外へ出て、お蘭を手招きする。

「井筒屋たちは、まだ戻っていないようです。逃げるなら今よ……」

その言葉が、にわかに途切れた。

お蘭はうめき声を洩《も》らして石段に倒れかかる。愁之介は釜を床に置くと、お蘭の体を抱き上げた。小袖の背中が血に染まっている。

愁之介はお蘭の体を抱いたまま、石段の奥を覗《のぞ》いた。

五

そのとき、石段の下からいきなり槍《やり》がつき出された。

愁之介は槍の切っ先をかわすと、抜刀一閃《ばっとういっせん》、石段の暗がりを斬りはらった。踏み出していた敵は、あわててうしろへ飛びすさる。

愁之介はその隙にお蘭の体を蔵の隅に横たえた。

石段をのぼって、壮年の武士が姿をあらわした。片鎌《かたかま》の槍を構えている。

河瀬玄蕃だった。

河瀬のあとから、火縄銃を持ってあらわれたのは井筒屋であった。肉のうすい唇をゆがめて、にやにや笑っている。

「見張りの男が倒れているので、おかしいと思って見張っておればこのざまだ。こやつ、裏切りおって」

井筒屋が蔵の隅に横たわるお蘭を見すえた。

「女に罪はない」

愁之介は八双に構えた。

「河瀬どのに刃を向けるとは、いい度胸だな。河瀬どのは戦場で闘うこと、四十六度。一度も敵に不覚をとったことがない槍の名手だ」

井筒屋が勝ち誇ったように言った。

「それは運のいいことだな。だが、その幸運も今日で終わりだ」

「この若造ッ！　誰にむかって口をきいているか、わかっているのか。河瀬さまはな」

「近々、石田三成の中老に取り立てられるそうだな。石田も人を見る目がない」

愁之介は冷たく笑った。

「言わせておけばッ！」

河瀬玄蕃が槍を構えたまま、右足を一歩前に踏み出した。

愁之介は剣を八双から上段に戻す。

――ドリャーッ！

河瀬が凄《すさ》まじい気合とともに槍を突き出してきた。愁之介は突き出される槍の穂先に刀をたたきつけたが、逆に弾《はじ》かれる。

うしろへ跳びすさって、槍をかわした。

河瀬はたてつづけに突いてくる。

愁之介は横へ逃げてかわした。

さすがに戦場で鳴らしただけあって、河瀬の槍さばきにはつけ入る隙が見つからない。

愁之介が切っ先をかわすたびに、薬の入った備前焼《びぜんやき》の壺が槍で突き割られ、なかから独特の匂いを漂わす漢方の生薬《しょうやく》がこぼれ落ちた。

逃げつづけているうちに、愁之介の背中が蔵の土壁にぶつかる。

「これまでだな」

河瀬玄蕃が不気味に笑った。

愁之介は壁ぎわに追いつめられながらも、刀を中段に構え、一瞬の隙をうかがった。だが、槍と刀では間合が違いすぎる。なんとか、接近戦に持ち込まない限り、まともに戦っては勝ち目はなかった。

愁之介の首筋に冷たい汗が流れる。

次の瞬間――。

河瀬が真っ向から突いてきた。心臓を狙っている。

愁之介はさっと横へ体を入れかえた。茄子紺《なすこん》の着物の袖を貫き通し、河瀬の槍が蔵の土壁に深々と突き刺さる。

河瀬はあわてて引き抜こうとしたが、穂のなかばまで埋まった槍は、容易に抜き取ることができない。

愁之介は、槍に貫かれた袖を刀で切り裂いた。

すかさず、備前長船景光を横に薙ぐ。

血が飛んだ。

河瀬の胴が横一文字に裂ける。

河瀬玄蕃は槍の柄をつかんだまま、無念の形相を浮かべて前のめりに倒れた。

刀を振り戻して横を見ると、井筒屋が火縄銃に火をつけ、銃口を愁之介に向けていた。

愁之介は走った。

太刀を大上段に振りかぶり、井筒屋めがけて疾走する。

「死ねッ!」

井筒屋が引金を引く。

火縄銃が火を噴いた。

愁之介の勢いに恐れをなしたのか、井筒屋の狙いが上へそれる。

弾は愁之介の髪の毛を擦過《さっか》して、うしろの壁にめり込んだ。

銃をほうり出して地下へ逃げようとする井筒屋の背中へ、愁之介の太刀が銀色の弧《こ》を描いて振り下ろされる。

井筒屋は凝然と目を見開き、背中から血を噴きながらどっと石段を転げ落ちた。

＊　＊

愁之介は舟を漕《こ》いでいた。

舟の上には、青ざめた顔のお蘭がうす目をあけて横たわっている。

納所から淀川を下ると、巨椋《おぐら》池に出た。いつのまにか雨は上がり、広々とした池に、月明かりが千々に乱れている。

「傷は痛むか」

愁之介は女に声をかけた。

「だいじょうぶです。それより、どこへ……」

「暗い思い出を捨てにゆくのだ」

岸辺にともる家々の明かりがはるかに遠くなったころ、愁之介は舟をとめた。

舟底に置いてあった唐子釜をつかみ、池のなかに投げ入れる。暗い水面に一瞬、赤い血文字が浮かんだように見えた。

唐子釜はゆらゆらと揺れながら、池の底へ消えていった。

第三部　秀吉秘文書

胡服《こふく》の男

一

小春日和《こはるびより》であった。

冬の澄み渡った空に、うすい絹雲《きぬぐも》が走っている。

古来、月見の名所として名高い伏見の観月橋《かんげつきょう》――。

その橋からほど近い川岸に、朧愁之介《おぼろしゅうのすけ》は腰を下ろし、釣り糸を垂れていた。水面に浮かんだ浮きを見つめたまま、眠ったように動かない。

岸辺の古杭《ふるくい》に結びつけた魚籠《びく》のなかには、長さ八寸ばかりの真鮒《まぶな》が三尾入っている。

ときおり、橋の上を風呂敷《ふろしき》包みを背負った商人が行きかうが、それ以外は人通りもめったにない。静かな昼下がりであった。

突然――。

愁之介の竿《さお》がしなった。

深緑色の川面《かわも》が波立ち、たるんでいた釣り糸がぴんと張りつめる。

愁之介は少しもあわてず、ゆっくりと糸を引き寄せて、銀鱗《ぎんりん》を光らせる大型の真鮒を釣り上げた。

魚を魚籠にほうり込むと、愁之介は立ち上がった。釣竿を肩にかつぎ、魚籠を片手にぶら下げて、枯れ草におおわれた岸辺を歩きだす。

土手を渡る風が、翳《かげ》りのある白皙《はくせき》の美貌を冷たくなぶった。

常宿にしている船津屋《ふなつや》へもどり、釣った獲物《えもの》をなれ鮨《ずし》にしてもらうつもりだった。愁之介の男前に岡惚《おかぼ》れしている船津屋のおかみは、愁之介の頼み事なら、何ごとによらず二つ返事で引き受けてくれる。

冬の鮒は寒鮒といい、脂《あぶら》がのってうまい。春先には、いい酒の肴《さかな》ができるはずだった。

土手をのぼり、観月橋のたもとまで来たとき、

「朧のだんな」

と、声をかけてきた者がいる。

愁之介が目を上げると、擬宝珠《ぎぼし》をのせた朱塗《しゅぬ》りの欄干《らんかん》の陰から、男が小走りに近寄ってきた。

「以蔵《いぞう》、おまえか」

どこか猿に似た、男の浅黒い顔を見て、愁之介がつぶやくように言った。

「へい。お久しぶりで」

男は腰をかがめ、愁之介に向かって神妙そうに頭を下げた。

もと甲斐武田家のスッパ、奈良田《ならだ》ノ以蔵であった。半年ほど前、ちょとした行きがかりから愁之介と顔見知りになったが、それ以後会うこともなく、消息が知れなくなっていた。

愁之介は釣竿をかついだまま、観月橋をゆっくりと渡りだした。以蔵が、少し遅れて後ろをついてくる。

「あれから、どうしていたのだ」

歩きながら、愁之介が聞いた。

「いえね。故郷の甲斐へもどって百姓にでもなろうかと思ったんですが、どうもこっちの水の方が、あっしの身に馴染《なじ》んでしまったようで」

「どこに住んでいる」

「へい。京の新町通《しんまちどおり》に小さな店を出して、商いをしておりやす」

以蔵は照れたように笑ってみせた。

見れば、以蔵の身なりは、以前とは比べものにならないほど上等になっている。格子柄の小袖に、朽葉《くちば》色の絹の胴服《どうふく》を羽織った姿は、いかにも商人らしい落ち着きが漂っていた。

「だいぶ羽振りがいいようだな」

「いいえ、めっそうもない」

と、以蔵は手を振ったが、内心まんざらでもないような顔つきをしている。

「大きな声じゃあ言えねえんですが、あっしの店で売り出した偃息図《おそくず》が、京の都で大当たりしましてね」

「偃息図？」

愁之介は秀麗な眉《まゆ》をひそめた。

「近ごろ、桃屋《ももや》という店の偃息図が京でたいへんな評判を取っているそうだが、まさかそれが……」

「へへ。お察しの通り、あっしがその桃屋のあるじってわけで」

愁之介の目の奥をのぞき見て、以蔵がにやりと笑った。

京の公家や宮中には、古くから、男女の恥態を極彩色で描いた偃息図というものが伝わっている。王朝文化華やかなりしころ、貴族たちがそれを見て淫行《いんこう》にふけったという、いわば色道の秘技絵巻である。

以蔵は、没落した公家からそれを買い取って絵師に模写させ、『三十六色界図《しきかいず》』の名のもとに大々的に売り出したのだという。

「われながら、自分の商才には驚きましたぜ。目のつけどころひとつで、こんなに儲かるとは思わなかった」

「そいつはよかったな」

愁之介は冷たく言った。

二人は橋を渡り終え、船津屋の方へと足を向ける。

「ところで、今日は何をしに来たのだ。まさか、このおれに偃息図を売りつけにきたわけでもあるまい」

「いえ、とんでもねえ」

と首を振り、以蔵はにわかに声の調子を落とした。

「じつは、つい先だってのことなんですが、朧のだんなのことで、昔の仲間から妙な噂を聞き込んだもんで」

「おれの噂だと」

愁之介の問いに、以蔵は落ち窪んだ目を光らせてうなずいた。

「どんな噂だ」

「それが……」

以蔵は道の途中で足を止め、左右をすばやく見渡した。あたりに人気《ひとけ》がないのを確かめてから、愁之介の耳元に顔を寄せてくる。

「やつらが、だんなのことを血眼《ちまなこ》になって探しまわっているらしいですぜ」

「やつら?」

「決まってるじゃないですか、蝙蝠《こうもり》のやつらですよ」

「なに……」

愁之介の冷ややかな横顔が、一瞬、こわばった。

「あっしの聞いたところじゃ、やつら、若い者を走らせて、しきりに朧のだんなの居所を探っているようです」

「その噂、たしかか」

「へい。やつらの仲間に入り込んでるスッパ崩れから聞いたんで、間違いありませんや」

言い終えてから、以蔵は肩をぶるりと震わせた。

「どういう事情があるか知りませんが、蝙蝠につけ狙われた者は、ただじゃすまないって言いますぜ。やつらの手に落ちないうちに、早いとこ伏見からずらかった方がいいと思いますが」

「おまえ、わざわざそれを告げにやってきたのか」

「へい」

「すまんな。しかし、おれは逃げ隠れするつもりはない」

「朧のだんな……」

以蔵は言いかけて、思わず息をのんだ。

愁之介の双眸《そうぼう》が、刃物を呑《の》んだような凄《すご》みを帯びはじめている。鮒釣りをしていたときのおだやかな目つきとは、まるで別人に見えた。

愁之介は以蔵を岸辺に残すと、茄子紺《なすこん》の小袖の裾をあざやかにさばいて、足早に歩き去った。

　愁之介は船津屋にもどった。

　川の見える二階の部屋へ上がり、床《とこ》の間から大小を取り上げて腰にぶち込むと、ふたたび階下へおりた。

二

　船津屋の前の船着き場からは、ちょうど、淀川《よどがわ》を下る舟が出るところだった。

「今日はどちらへ」

　顔見知りの船頭が声をかけてくる。

「堺《さかい》まで行く」

「すると、天満橋《てんまばし》で乗り換えですなあ。最後の舟に間に合うかどうか……。急いじゃみますがね」

「頼む」

　愁之介が船端をまたいで腰を下ろすと、船頭は艫綱《ともづな》を解きはじめた。

　舟は三十石舟《さんじっこくぶね》だった。前半分に薦《こも》でつつまれた荷が積んであり、後ろ半分が客用の屋形《やかた》になっている。

屋形のなかには、西国《さいごく》三十三観音めぐりをしている白い浄衣《じょうえ》姿の女たちが、五、六人、かたまってすわり、声高に世間話に興じていた。

愁之介が屋形に入っていくと、女たちは急に声をひそめ、新来の客を横目でちらりとうかがい見る。

愁之介は女たちの視線に背を向け、屋形の隅に腰をおろした。

腕を組んで、うすく目を閉じる。

――蝙蝠たちが、血眼になって探している。

奈良田ノ以蔵は、そう言っていた。

彼らと縁があったのは、ずっと以前のことだ。すでに関係は切れている。

今ごろになってなぜ、と愁之介は思った。

いくら考えても、思い当たるふしが見つからなかった。

舟は、淀川を二刻《とき》（四時間）ほど下ってから支流に入り、立ち枯れた葦《あし》のあいだをすすんで大坂の天満橋に着いた。

すでに、暮色が濃い。

愁之介は巡礼の女たちとともに舟を下りると、そこから泉州堺へ向かう小舟に乗り換えた。残照の残る瀬戸内の海に、淡路《あわじ》島の影が紫色にかすんで見える。

堺の湊《みなと》へ着いたときには、日はとっぷりと暮れていた。湊は、濡れたような闇のなかに沈んでいる。

暗がりを透かし見ると、明《みん》国かシャムあたりのものらしい巨大な唐船が、波間に黒々と浮かんでいた。

舟を下りた愁之介は、湊近くの中浜《なかはま》の通りを急いだ。

付近にはびっしりと蔵が建ち並んでいる。

白壁の蔵もあれば、褐色《かっしょく》の土壁が剝《む》き出しになったままの蔵もあった。いずれも、堺の商人たちの持ち物である。

天王寺《てんのうじ》屋
住吉《すみよし》屋
大黒《だいこく》屋

など、堺には名の通った豪商が多い。

商都堺が繁栄をはじめたのは、応仁《おうにん》の乱の時代にまでさかのぼる。

平清盛の築港以来、瀬戸内海随一の貿易港は兵庫《ひょうご》湊（現在の神戸市）であったが、畿内《きない》全域に及んだ応仁の戦乱に巻き込まれ、役目を果たさなくなると、当時の室町幕府は、あらたに堺の湊から遣明船《けんみんせん》の発着を行うようになった。

土佐、薩摩《さつま》の南海を経由して明へ向かう航路は、堺を日本第一の貿易港にのし上がらせ、この地に未曾有《みぞう》の繁栄を生み出した。

深い濠《ほり》で囲われた市街は、商人たちの代表である会合衆《えごう》によって自治体制が敷かれ、その自由な発展ぶりは、

――東洋のヴェニス

と、称《たた》えられたほどである。

だが、織田信長が天下統一に乗り出すと、堺は織田家の直轄領とされ、つづいて登場した豊臣秀吉がそれを引き継いだ。

堺の街を囲む濠は、秀吉によって埋め立てられたが、会合衆のうちの何人かは信長や秀吉の茶頭《ちゃどう》となり、彼らの相談役として権力の中枢部に食い込んだ。今井宗久《そうきゅう》、津田宗及《そうきゅう》、そして愁之介の亡き父、千利休《せんのりきゅう》もそのひとりであった。

愁之介は蔵の角を曲がり、すえた匂いのする路地へ入った。

道の反対側から男が二人、こちらに向かって近づいてくる。すれ違いざま、前を歩いていた男が愁之介に肩をぶつけてきた。

「気をつけやがれッ！」

男は低い声で凄んでみせた。

湊に巣くう無頼者であろう。派手な色の小袖を着、唐桟《とうざん》の短袴をはいている。片頰には、深い刀傷が走っていた。

黙殺して、愁之介がそのまま行き過ぎようとすると、

「おい」

と言って、男が後ろから肩をつかんできた。

「何か用か」

愁之介は足を止めた。ただし、男には背を向けたままだ。

「人に肩をぶつけておいて、何か用かはねえだろう。もうちっとましな挨拶はできねえのかい」

「あやまれと申すのか」

「そうよ」

男がうすい唇をゆがめた。

「おれたちはこのあたりじゃ、ちょっとした顔なんだ。逆らうと、ろくな目にあわねえぜ」

「…………」

「相棒の言うとおりさ」

と、もうひとりが口をはさんできた。

「簀巻《すま》きにされて、海の底へ沈められたくなかったら、詫《わ》びのしるしに有り金残らず置いていきな」

「たかり、というわけだな」

愁之介が言った。

「何とでも言うがいいさ。金を出すのか出さねえのか、どっちなんだ」

　肩をつかんだ手に、男が力を込めてきた。

「断る」

　冷ややかな声で突き放し、愁之介は男の手をさっと払った。

　振り返ると同時に、ひねりのきいた右拳《こぶし》を、男の鳩尾《みぞおち》に深々と食い込ませる。強烈な当て身だった。

「──うっ」

　と、うめいて腹を押え、前かがみになった男の顎《あご》めがけて、すかさず膝蹴《ひざげ》りを入れる。

　顎を砕かれた男は口から血を噴き、地面にながながと伸びた。

「くそっ。この痩《や》せ牢人めッ！」

　もうひとりの男がふところから小刀を取り出し、腰だめに構えた。奇声もろとも、愁之介に向かって突っ込んでくる。

　愁之介は半歩前へ踏み出し、入り身で切っ先を避けざま、相手の手首をつかんで逆にねじあげた。

「いてテて……」

　男のにきび面が、苦痛にゆがんだ。

「これからは、相手を選んでものを言うんだな」

男の腕をつかんだまま、愁之介は言った。端整な唇の端には、冷ややかな微笑すら浮かんでいる。

「わかった、わかったからその手を離してくれよ」

男が哀願した。

「離してやるかわりに、聞きたいことがある」

「な、なんだ」

「蝙蝠《こうもり》の者どもは、いま、どこにいる」

「蝙蝠……」

その名を耳にしたとたん、無頼者の目の奥に、凍りつくような恐怖の色が浮かんだ。

三

無頼者に教えられたとおり、愁之介は道のつき当たりを左へ曲がった。蔵にはさまれ、人ひとりがやっと通れるくらいの細い路地がつづいている。

路地をまっすぐたどっていくと、やがて行き止まりになり、正面に板戸があらわれた。

愁之介は板戸に近づき、あたりをはばかるように二度、三度、軽くたたいた。

しばらくして、扉についた物見窓が開き、うす明るい光が路地に差し込んだかと思うと、なかから、鷲《わし》のように鋭い一重瞼《ひとえまぶた》の目がのぞいた。

「何の用だ」

押し殺した声で、男が言った。

「王紫国《ワンシーコウ》に会いに来た。取り次いでくれ」

愁之介が答えると、

「おまえの名は？」

と、即座に問い返してきた。

「朧と言えばわかる」

「なに、朧だと……」

男の目が、暗く光った。そこで待っていろと言い残し、男は物見窓を閉めた。隙《すき》のない足音が、板戸の向こうへ去っていく。

愁之介は、漆黒《しっこく》の闇のなかに取り残された。

近くの掘割から、泥の匂いと、胸が悪くなりそうな腐臭が立ちのぼってくる。

そのねばついた臭気は、忘れかけていた暗い過去を、愁之介の胸にいやおうもなく思い起こさせた。

やがて、板戸が内側から開き、

「入れ」

という声がした。

言われるまま、愁之介は戸の隙間から身をすべり込ませた。

戸口に立っていたのは、さきほど物見窓からのぞいた男だった。愁之介の、まるで知らない顔であった。

目つきだけでなく、顔の表情が研《と》ぎ澄まされたように鋭い。身につけた黒革の胡服《こふく》の上からでも、鍛えあげられた筋肉質の体の持ち主であることは容易にわかる。

おそらく、最近、雇われた者だろう。石畳の敷かれた部屋には、ほかにも六、七人、若い男たちがたむろしていたが、いずれも愁之介には馴染《なじ》みのない連中ばかりだった。

「こっちだ、ついて来るがいい」

胡服の男が言った。

男は先に立って、部屋の隅から伸びている階段を下りだす。殺気だった視線を投げる男たちのあいだを通り抜け、愁之介もそのあとにしたがった。

階段は、全部で十三段あった。

石畳の通路を右へ曲がると、両側に部屋があるらしく、朱塗りの板戸がいくつも並び、そのつき当たりに青銅の扉がはめ込まれていた。

扉の表面には、巨大な蝙蝠の紋章が浮き彫りになっている。金泥《きんでい》がぶ厚く塗られた、黄金の蝙蝠だった。

胡服の男が、その蝙蝠を押した。

重い響きをたてて、青銅の扉が内側へ向かって開く。

なかは、三十畳敷きほどの広い部屋だった。

壁に据えられた燭台《しょくだい》にこうこうと火が灯《とも》されて、内部はさながら真昼のような明るさである。

西域《せいいき》渡りの毛足の長い絨毯《じゅうたん》が床に敷きつめられた部屋には、黒檀《こくたん》の円卓が置かれ、その周囲に人影があった。

愁之介が部屋に足を踏み入れると、案内してきた胡服の男が、外から扉を閉めた。

「久しぶりだな、朧《ロン》」

部屋の奥から、声がかかった。

よく通る低い声は、かつて、愁之介が聞き慣れていたものである。声の主は、椅子からゆっくりと立ち上がり、円卓をまわって愁之介に近づいてきた。

王紫国《ワンシーコウ》。

堺に出店を持つ、明国人の貿易商である。

すでに、七十歳は超えているはずだが、でっぷり肥えた顔には皺《しわ》が少なく、驚くほど若々しかった。

〝華僑《かきょう》〟と呼ばれる中国系の商人は、古くから日本にも渡ってきていたが、桃山時代には、薩摩坊津《ぼうのつ》、筑前博多、越前敦賀《つるが》などに唐人町《とうじんまち》があり、この堺でも多くの人々が商いをおこなっている。

王は、堺の〝華僑〟を束ねる、いわば顔役的存在であった。

「ちょうど良いところへ来てくれたな。じつは、おまえの行方を手をつくして探していたのだ」

流暢《りゅうちょう》な日本語でそう言うと、王紫国は愁之介に、円卓を囲む椅子のひとつへすわるように指図した。

王紫国の席の左右には、同じく、明国人の商人たちがずらりと居並んでいる。

「これは、珍しい。お歴々が残らずおそろいのようだ」

と言いながら、愁之介は椅子に腰をおろした。

それを見届けてから、王自身も、円卓をはさんだ自分の席にもどる。

王が手をたたくと扉が開き、銀盆をささげた妙齢の美女たちが入ってきた。透明な玻璃《はり》の酒杯を男たちに手渡し、血の色をした葡萄酒《ぶどうしゅ》を注《つ》ぎまわって、ふたたび去っていく。

愁之介の前にも杯が置かれた。

ふくいくとした、芳醇《ほうじゅん》な香りが鼻孔をくすぐる。

「南蛮《なんばん》渡りの高価な葡萄酒だ。遠慮せずに、いくらでも飲むがいい」

王がしきりにすすめたが、愁之介はいっさい口をつけなかった。

「どうした。われわれが、酒に毒を盛るとでも思っているのか」

「そうでないとは言いきれまい」

卓ごしに、愁之介が王を見た。

「おれは、あんたたちを裏切った男だ。蝙蝠の執念深さは、裏の世界に身を置いた者なら誰でも知っている」

ほほほ、と王紫国が口をすぼめて笑った。

円卓を囲んだ商人たちのあいだからも、声のない忍び笑いが洩《も》れる。

「たしかに、おまえを始末しようとしたこともあった」

「…………」

「だが、それは遠い昔の話だ。すべてを水に流して、われわれはおまえと新たな契約がしたい」

「新たな契約だと？」

「そうだ」

と、王がうなずいた。

「そのために、おれの居場所を探していたのか」

「まあ、そういうわけだ。おまえが抜けてから、さまざまな保鏢《ほびょう》（用心棒）を雇ってみたが、おまえ以上に腕のたつ男はなかなか見つからなかった」

「さっきの男はどうなんだ」

部屋まで案内してきた男の、ただならぬ身のこなしを思い出して、愁之介は言った。

「ああ、沈岳竜《チェンユエロン》のことか」

くたびれた三重顎《あご》を撫《な》でながら、王がつぶやいた。

「あの男は、厦門《アモイ》から流れて来た拳法使いでな。技の切れは、なかなかのものだが、何といっても今度の仕事は、あれひとりに任せるには荷が重すぎる」

「どうやら、よほど難しい事態が持ち上がっているようだな」

「そう。この国で、阿片《あへん》の取引を一手に請け負ってきた、われわれ蝙蝠幇《パン》の存亡の危機にかかわることだ」

「存亡の危機だと……」

愁之介の切れ長な目が、一瞬光った。

蝙蝠幇――。

それは、日本にいる福建省出身の中国系商人のなかでも、とくに麻薬取引に手を染める者たちの秘密結社であった。その点、並の商人とは一線を画している。だが、首領の王紫国がそうであるように、普段はあたりまえの貿易商の顔を持ちながら、裏で闇取引をおこなう者が多かった。

ちなみに――。

幇とは、強い郷土愛で結ばれた唐人の結社のことである。唐人の割合が、全人口の五分の一を占めた江戸時代の長崎には、

三江幇（江蘇省、安徽省、江西省、浙江省出身者の結社）

泉漳幇（福建省の泉州・漳州出身者の結社）

福州幇（福建省の福州出身者の結社）

の三つの幇があり、それぞれ長崎の町に、興福寺、福済寺、崇福寺という寺院を建てている。

彼らの仲間意識は強く、鉄の団結をほこると言われていた。

「じつは、われわれ蝙蝠幇と、ある連中との対立が深刻になってきてな」

顔をくもらせ、王が言った。

「ある連中……。蝙蝠を恐れさせるほどのやつらがいるのか」

「まあな」

愁之介の言葉に、王紫国はあいまいにうなずいた。

「金《かね》なら、おまえがのぞむだけ出してもいい。手を貸してくれるな、朧《ロン》」

王をはじめ、円卓を囲む男たちの視線が、愁之介にいっせいにそそがれた。

その視線をはぐらかし、

「何があったか知らないが、今のおれには関係のない話だ」

愁之介は冷めた表情で、突き放すように言った。椅子を後ろに引いて、ゆっくりと立ち上がる。

「悪いが、おれはあんた方と一切かかわりあう気はない。きょうここへ来たのは、これ以上おれにつきまとうなと言いたかったからだ。それだけは、承知しておいてくれ」

「朧！」

円卓に背を向けた愁之介に向かって、王紫国がするどく声を発した。

「われわれは、一度はおまえの裏切りを許した。だが、ふたたびは許さんぞ。いいか、あと三日のうちに心を決めておけ。もし、命令に逆らえばどうなるか、わかっているだろうな」

脅しの言葉を背中に受けながら、愁之介は青銅の扉を押し開け、来たときと同じ悠然とした足取りで外へ出た。

四

雪が降っている。

茶室の障子に、降りしきる雪の影が映っていた。

四畳半台目《だいめ》の茶室であった。

土に藁《わら》をまぜたすき壁の床の間に、竹の花入れが掛けられ、つつましやかな白侘助《しろわびすけ》のつぼみが生けてある。

洛東《らくとう》、東福寺《とうふくじ》の境内《けいだい》にある昨夢軒《さくむけん》。

その侘《わ》びた茶室に、二人の男が向かい合っていた。ひとりは朧愁之介。そして、もうひとりは安国寺恵瓊《あんこくじえけい》である。

「雪のなか、わざわざ呼び出してすまなかったな」

恵瓊が言った。

僧侶にして武将という特異な経歴を持つ恵瓊は、つい数カ月まえから、京都東福寺の住職も兼ねるようになっていた。

「じつを言うと、昨夜のうちに一度使いを出したのだが、なんでもおぬし、船津屋には帰らなかったそうだの」

「はい。堺の湊をうろついておりました」

「堺湊だと」

恵瓊が、わずかに顔をしかめる。

「まさかおぬし、蝙蝠のところへ行っていたのではあるまいな……」

「その、まさかです」

愁之介は表情を変えずに答えた。

「幇《パン》の者どもが、私を血眼になって探しているというので、こちらから出向き、挨拶してまいりました」

「幇に、もどるつもりなのか」

「いいえ」

白皙《はくせき》の頬をゆがめ、愁之介は皮肉っぽく笑った。

「蝙蝠に、保鏢《ほびょう》として雇われていたのは、七年近く前のことです。あのころは、私も若かった。父に対する反発から、誘われるままに闇の世界に足を踏み入れてしまったのです。今では、もう……」

「それならよいのだが」

安堵《あんど》したようにつぶやくと、恵瓊は湯気のたつ茶釜に柄杓《ひしゃく》を入れ、煮えたぎる湯をすくい上げた。抹茶《まっちゃ》の入った茶碗にそれをそそぎ、茶筅《ちゃせん》で手早く泡立てて愁之介の前にすすめる。

絵高麗《えごうらい》の見事な茶碗だった。

愁之介は片手で無造作に茶碗を取り上げ、一気に、茶を喉へ流し込んだ。

「よほど、茶の湯の作法が嫌いとみえる」

「型にはめられるのが、苦手なもので」

「ふん。相変わらずよのお」

かすかに口もとをほころばせながら、恵瓊は茶碗を手もとに引き寄せた。

「そんなことより、今日はいったい何のご用で私をお呼び出しになったのでしょうか」

「そのことよ」

恵瓊は顔を上げて、あらためて愁之介を見つめた。

「じつは、おまえの父の死について、ある男から妙な話を聞いてのう」

「父の死……」

愁之介の表情に暗い影が浮かぶ。

朧愁之介の父、千利休は、四年近く前に太閤秀吉の怒りをかい、切腹してはてていた。

それまで、秀吉の絶大な信頼を得ていたはずの利休が、なぜ突然、切腹を命じられたのか、その理由はさまざまな臆測《おくそく》を呼んだ。が、結局なにもわからずに、今もって謎のままとなっている。

「世間では、利休居士《こじ》が大徳寺の山門に、おのれの木像を置かせたからだとか、茶器の鑑定や売買で不正をはたらいたせいだとか、いろいろ取り沙汰《ざた》しておる」

「なかには、娘を側室として差し出せという太閤の命令に、父が首を縦に振らなかったからだと噂する者もありましたが」

「そうじゃ。だが、そのいずれもが単なる臆測にすぎないことは、おまえもよくわかっておろう」

恵瓊の言葉に、愁之介は無言でうなずいた。

「ところが、利休居士の切腹の真相を知っているという男に、わしはつい先日、偶然にも会ったのじゃ」

「和尚、それは……」

思わず膝をすすめた愁之介を、恵瓊が軽く手で制する。

「なにしろ、事は、太閤殿下のご威光にまでかかわってくる。その男も、うかつに真相を語ることはできないと申して、肝心《かんじん》な点はわしにも教えてくれなんだ」

「その男とは誰です」

愁之介は聞いた。

「やはり、おやじどののことが気になるとみえる」

「………」

「隠さずともよい。何と言っても、利休どのとそなたは血のつながった親子なのだ。それに、あの男も、利休居士の実の息子であるそなたが行けば、重い口を開いてくれるかもしれぬでな」

「で、その男とは?」

愁之介は、重ねて聞いた。

「善住坊《ぜんじゅうぼう》……。利休どののそばに、切腹の当日まで付き添っていた男だ」

「その名は、私も耳にしたことがあります」

愁之介が思い出すように目を細める。

「たしか善住坊は、父が死ぬとすぐにどこかへ姿をくらまし、それきり消息がしれなくなったと聞いていましたが」

「それが、わしのもとへひょっこり顔を出したのよ」

恵瓊が言った。

「本人の話では、師である利休居士の菩提《ぼだい》をとむらうために、あれからずっと諸国を行脚《あんぎゃ》していたのだそうだ。それが、三年ぶりに都にもどり、友垣《ともがき》であるわしのもとへ立ち寄ったついでに、そうした話が出たのだ……」

「善住坊は、いまどこに」

「とりあえず、山崎の妙喜庵《みょうきあん》に身を寄せると言うておった」

「山崎ですか……」

「どうする。愁之介。訪ねてみるか」

それには何も答えず、愁之介は茶釜から噴き上がる白い湯気を黙然と見つめた。

背教者の十字架

一

山城《やましろ》と摂津《せっつ》の国境、山崎の地にある妙喜庵は、臨済宗東寺派《りんざいしゅう》の寺である。寺伝によれば、応仁の乱のころ、春嶽士芳《しゅんがくしほう》によって創建されたという。

三代目の住職をつとめる功叔士紡《こうしゅくしほう》は、千利休の茶道の弟子であり、生前、利休はたびたび妙喜庵を訪れていた。

利休作と伝えられる、名高い茶室、

――待庵《たいあん》
が、この寺の境内に残されたのは、そうした交遊のためであった。

愁之介は〝妙喜庵〟と書かれた扁額《へんがく》を見上げると、長身をかがめて低い山門をくぐった。

五色の玉砂利が敷きつめられた境内《けいだい》は、昨夜まで降りつづいていた雪で、一面に白く雪化粧している。

正面にこぢんまりとした本堂、左手に鐘楼《しょうろう》があった。

右側の椿《つばき》の生け垣の奥に、白壁造りの庫裏《くり》が見える。愁之介は、きれいに雪が掃《は》き清められた石畳を歩き、庫裏に向かった。

玄関の脇で雪を掃いていた若い僧侶に、自分の名と用向きを告げる。

しばらく待たされてから、なかに案内された。磨き抜かれた廊下を歩いていくと、いちばん奥に、六畳と十畳の書院が二間つづきになっている。

愁之介が通されたのは、床《とこ》の間のついている十畳間のほうだった。

腰の大小を畳の上に置き、静かに端座する。

床の間にかかった掛け軸の老猿の絵は、猿絵を得意とした北宋《ほくそう》の画人、易元吉《えきげんきつ》のものであろう。その下には、胡銅《こどう》の香炉《こうろ》が置かれ、すがすがしい香りをあたりに漂わせている。

小僧が部屋へ入ってきて、火鉢に熾炭《おきずみ》をくべると、ふたたび去っていった。

寒かった。

すわっていると、しんしんと腰から冷えてくる。

だいぶたってから、廊下をきしませて足音が近づいてきた。控えめな足音だった。

襖《ふすま》が開き、墨染《すみぞめ》の衣に身をつつんだ小柄な僧侶が入ってくる。年は、四十代なかば。目鼻立ちが小づくりで、伏し目がちな男だった。どちらかと言えば、女性的な顔だちをしている。

「おぬしが善住坊どのか」

正面にすわった男の顔を見て、愁之介が尋ねた。

「はい。さようでございます」

僧侶は畳に両手をつき、ていねいに頭を下げた。

「それがしの名は、朧愁之介……」

「取り次ぎの者からうかがっております。わが茶道の師、千利休居士のお血筋でいらっしゃる」

「知っておったか」

「お噂は、かねてわが師より……」

「そうか」

と、愁之介はうなずいた。

善住坊は伏せていた視線を上げ、まぶしげに目を細めて愁之介の顔をまじまじと見つめた。

「おれの顔に、何か」

「いえ。亡き利休居士に、面差しがよく似ておいでだと思いまして」

「父には似ていないはずだ」

「さようなことはありません。その意志の強そうな口もと、人の心を射抜くような眼差しは、あの方に生き写しでございます」

善住坊が生真面目《きまじめ》な口調で言う。

愁之介は、片頰をゆがめて皮肉っぽく笑った。

（いくら嫌っても父は父か……）

愁之介は複雑な思いであった。

「善住坊どの。今日は、おぬしにぜひとも聞きたいことがあって訪ねてきた」

「聞きたいことですと」

「そうだ」

と、愁之介はうなずいた。

「安国寺の和尚が教えてくれたのだが、おぬしは父利休の死の真相を知っているとか……」

「そのことでしたら」

と言って、善住坊が小心そうな顔を硬くこわばらせ、

「どうか、何も聞かなかったことにしていただきたいのです」

「なぜだ」

「恵瓊どのにお会いしたときは、久しぶりに都へもどった嬉しさで、つい口をすべらせてしまいましたが、今では言わなければよかったと後悔しております」

「太閤を恐れているのか」

愁之介は聞いた。

「それもあります。しかし、それ以上に私が恐れているのは……」

言いかけて、善住坊は苦しげに眉をしかめる。

「真相を話せば、あなたさまのお父上の名誉を汚すことになるのです」

「父を汚すだと」

「それ以上は、何も申せません。何も知らない方が、あなたさまのためです」

善住坊はそれきり、かたくなに口を閉ざしてしまった。

(わが父利休の名誉を汚すとはどういうことだ……)

愁之介は腕を組み、険しい顔になった。

「善住坊どの」

愁之介は、両膝をつかんで深々と頭を下げた。

「おれは、茶人としての父の尊大さに反発し、親子の縁を切られた不肖の息子だ。しかし、父の突然の死には衝撃を受け、この胸のなかではいまだに納得のいかぬものを感じている。すべてはおれの胸ひとつにおさめ、他人には語らない。どうか、真実を話してもらえないだろうか」

「………」

「頼む」

愁之介は懇願した。

ややあって、善住坊が立ち上がる気配がした。

愁之介が顔を上げると、善住坊は部屋を横切り、中庭に面した襖を開けはなった。

さっと、清澄な冬の光が縁側から差し込む。

「あれをご覧なさいませ」

善住坊が庭のほうを指さした。

枯山水《かれさんすい》の庭の向こうに、老松が枝を伸ばし、その下に草庵風の侘《わ》びた茶室が見えた。屋根はこけら葺《ぶ》きで、赤茶色の荒壁が剝《む》き出しになっている。

小さな茶室であった。

「あれが、あなたさまのお父上、利休居士がつくられた待庵《たいあん》という茶室です。わずか二畳のものですが、入隅《いりすみ》の柱を土中に埋め、化粧屋根を使い、窓の配置で部屋のなかの明暗を場所によって少しずつ変えてあるので、けっして狭さを感じさせません。あの茶室のなかにいると、張りつめた空間に気圧《けお》され、正直、怖くなるほどです」

「あれと、わが父千利休の死が何か関係があるのか」

「いえ」

と、善住坊が首を横に振った。

「わたしは、利休居士がまれにみる美意識の持主であったと申し上げたかったのです。その利休さまを汚すことは、弟子の私にはできません。ただ……」

「ただ、どうしたのだ」

愁之介が問いつめたときである。

——ダン

と、突然、すさまじい轟音《ごうおん》が鳴り響いた。

銃声であった。

善住坊は胸を押えて縁側によろめき、頭から庭に転げ落ちていく。

愁之介は、刀をつかんで畳を蹴《け》った。

二

縁側へ駆け出ると、枯山水の向こうの杉林のなかを走っていく影が見えた。

愁之介は庭へ飛び降り、雪の上にうつ伏せになっている善住坊の体を抱き起こした。

「しっかりしろ!」

声をかけて、肩を揺すった。

善住坊は荒い息を吐きながら、うすく目を開ける。

墨染の衣が、あふれ出た鮮血でしとどぬれていた。唇が紫色に変わり、善住坊の顔から血の気が引いていく。

「今の賊は何者だ、心当たりはあるか」

愁之介の問いに、善住坊は力なく首を横に振った。

「待っていろ。すぐに、寺の者を呼んできてやる」

そう言って、立ち上がりかけた愁之介の腕を、善住坊が震える指先でつかんだ。行かないでくれ、と訴えているようだった。

その顔には、すでに死相があらわれている。

愁之介はふたたび、善住坊のかたわらにかがみ込んだ。

「愁之介どの……。お父上を、死に追いやったのは……」

「話してくれるのか、善住坊」

善住坊が、目だけでうなずく。

「で、それはいったい……」

「そ、それは」

突然、善住坊が激しく咳《せ》き込んだ。

口からねばついた血がこぼれ、顎《あご》から胸をどす黒く染める。その血を、愁之介は小袖《こそで》の袂《たもと》でぬぐってやった。

「利休居士を死に追いやったのは、南蛮《なんばん》……」

言い終わらぬうちに、善住坊の唇の動きが止まった。がっくりと首を垂れ、それきり動かなくなる。

銃声を聞いて駆けつけてきた寺男にあとを任せ、愁之介は立ち上がった。枯山水の庭を横切って、賊が姿を消した杉林のなかへ足を踏み入れる。

あたりは、しんと静まり返っていた。

見渡すと、うすく積もった雪の上に真新しい足跡がついている。おそらく、善住坊を狙撃した男が残したものだろう。

愁之介は足跡を追って走りだした。

杉林を抜けると、寺の境内を囲む練塀《ねりべい》があらわれた。左手に塀の破れ目を見つけ、そこから外へ出る。

外には、枯れ野がひろがっていた。

雪をかぶった野原の向こうに、青く冷たい水面を見せる一筋の川が流れている。淀川《よどがわ》であった。

塀を越えた足跡は、目の前の枯れ野から横へそれ、竹林の奥にむかって点々とつづいている。

愁之介は足跡を追いながら、枯れ野を走った。竹林を抜けると、その向こうは畑だった。畑を越えて道に出る。

道ぞいには、草葺き屋根の民家が十数軒ならんでいた。

足跡は民家の方向ではなく、反対側の細い横道にのびている。愁之介は、その足跡をさらに追いかけた。

道の周囲は、葉を落とした雑木林につつまれている。

しばらく行くと、道がつきた。

雪の上の足跡も、そこでふっつりと途切れている。

道のつき当たりには、石段があった。そこだけ、雪がきれいに掃き清められ、石の表面が濡れて黒光りしていた。

左右をすばやく見まわしたが、賊は、どうみてもその石段をのぼっていったとしか考えられない。

愁之介は目をあげ、石段の上を見た。

腰の備前長船景光《びぜんおさふねかげみつ》に手をかけて、石段をのぼりはじめる。急な石段が、三十段あまりつづいた。

のぼりきったところから石畳の道がつづき、その両側に四角い池がある。見ると、池の向こうに、三階建ての奇妙な形の建物がそびえていた。

白壁に青い屋根瓦をのせた、小さな天守閣のような建物である。

「南蛮寺《なんばんでら》か……」

愁之介はつぶやいた。

南蛮寺とは、キリスト教の宣教師たちが建てた教会のことである。

わが国にはじめてキリスト教がもたらされたのは天文《てんぶん》十八年(一五四九)、イエズス会の宣教師フランシスコ・ザヴィエルの来日によってであった。以後、カブラル、オルガンティーノ、ヴァリニャーノといった宣教師がつぎつぎと日本を訪れ、活発な布教活動をおこなった。

彼らは九州地方をはじめとして、畿内にまで布教の手をひろめ、秀吉の時代にいたって、信者の数はじつに二十万人にまで膨れ上がった。最盛期には、全国に二百あまりの南蛮寺が建てられたといわれる。

天正《てんしょう》十年(一五八七)、秀吉が突然、キリシタン禁教令を布《し》いたため、畿内の南蛮寺の多くは廃《すた》れたが、そのうちのいくつかは、人目に隠れてひっそりと信徒を集めていた。ここも、そうした南蛮寺のひとつにちがいない。

愁之介は石畳を踏んで、建物に近づいた。

教会の横には、宿舎にでも充《あ》てているらしい、細長い二階屋がある。その横に、厩《うまや》と石組みの井戸が見えた。

あたりに人影はない。

鉄鋲《てつびょう》を打った教会のぶ厚い扉が、半開きになっている。愁之介は扉を押し開き、建物のなかへ入った。

内部は、最上階まで吹き抜けになっていた。

半球形をした天井板いっぱいに、幼児を抱いた母親の姿が描かれている。キリスト教徒が崇《あが》める、聖母マリアの画像であろう。

と、突然、奥の方から荘重な音色《ね》が流れてきた。

愁之介が一度も耳にしたことがない、不思議な楽の音であった。

奥の壁ぎわに、巨大な鉄の円柱が何十本となく据えられ、その下に女がひとり、こちらに背を向けてすわっていた。

つややかな栗《くり》色の髪をした、南蛮人の女であった。女が指先を動かすたびに、おごそかなしらべが建物全体に響きわたる。聞いていると、あまりの厳粛さに圧倒されそうになった。

愁之介は、教会の入り口に立って、荘重な楽のしらべに耳を傾けた。

やがて、音楽がやんだ。

楽器から手を離し、女が振り返る。

その美しさに、愁之介は息を呑んだ。

冷たい白磁のような肌、品よくひいでた鼻梁《びりょう》、大きく神秘的な瞳。引き締まった形のいい唇は、紅《べに》もつけていないのにあざやかに赤かった。

だが、女の目の奥には、不意の侵入者に対する、あからさまな警戒の色が浮かんでいる。

「あやしいものではない」

おだやかな口調で、愁之介は話しかけた。

言葉が通じないのか、女は黙って愁之介の顔を見つめている。思わず引き込まれそうな、澄んだ眼差しだった。

「ここに、人を殺《あや》めた賊を追ってきたのだ。見かけなかっただろうか」

手ぶりをまじえ、なおも尋ねると、

「いいえ」

と、女は今度は明瞭《めいりょう》な日本語で答えた。

どうやら、日本語が話せるらしい。

「ここで、朝からずっとパイプオルガンを弾いていました。教会には、誰も入ってきませんし」

「パイプオルガン……。その楽器のことか」

愁之介が壁にすえられた金属の円柱を指さすと、女はええと、小さくうなずいた。

巨大なパイプオルガンを見上げた愁之介の視線が、途中でとまった。円柱の横の、二階の手すりに人影がある。

黒い長衣をまとった宣教師だった。

男が構えた火縄銃の銃口が、まっすぐこちらに向けられている。

「危ないッ！」

叫ぶなり、愁之介は女の体を抱えてオルガンの陰へ転がり込んでいた。

一瞬遅れて、轟音が炸裂《さくれつ》する。

オルガンの横板を弾がかすめ、あたりに白い木っ端《こっぱ》が飛び散った。

狙撃が失敗したことを知ると、黒衣の宣教師はすばやく身をひるがえし、二階の扉を押し開けて向こう側へ消えていく。

「あの扉は、どこへ通じているのだ」

後ろ姿を見送って、愁之介が女に聞いた。

「となりの宿舎に……」

「下の階からも、そこへは行けるのか」

愁之介は、オルガンの脇についている一階の扉を目でしめした。

女がうなずいたのを見て、愁之介はすばやく立ち上がり、扉を開けて奥へ駆け込んだ。

女の体から移った濃厚な香水のかおりが、愁之介の脳髄《のうずい》を甘くしびれさせた。

三

扉の向こうは、板敷きの渡り廊下になっていた。

走りながら、愁之介は思いをめぐらす。

(あの宣教師が、善住坊を殺した男なのか……)

だが、利休の死の謎を握る善住坊を、なぜ、キリシタンの宣教師が狙撃しなければならないのか。考えたが、かいもく見当がつかなかった。

渡り廊下を駆け抜け、愁之介は宿舎の棟《むね》へと入っていく。

宿舎の建物は、杉の丸太を組み合わせた簡素なものだった。細長く伸びる廊下の片側に、部屋が五つばかり並んでいる。

愁之介は廊下を突っ切り、二階へのぼる階段を見つけた。

上から、人がおりてきたような形跡はない。おりてきたなら、当然、足音が聞こえたはずだ。

とすれば、黒衣の宣教師はまだ、宿舎の二階のどこかに身をひそめているにちがいなかった。

愁之介は腰の小太刀を抜いた。

屋内の闘いでは、太刀よりも短い小太刀の方が扱いやすい。いざという場合には、敵に投げつけることも可能だった。

愁之介は小太刀を立てて持ち、階段を一段、一段のぼった。

息を殺し、足音を忍ばせる。

階段をのぼりながら、上の気配をうかがう。物音ひとつしない。

愁之介はすばやく廊下へ出た。

二階には、広い部屋が三つあった。

抜き身の小太刀の切っ先をたてて、まず、手前の部屋に近づく。部屋の扉には、鈍く光る真鍮《しんちゅう》製の取っ手がついていた。

取っ手をまわし、いきなり扉を蹴って、壁ぎわに身を寄せる。

しばらく待ったが、何も起こらなかった。

用心しつつ顔を出して、なかのようすをうかがう。

そこは、南蛮渡りの書物がならぶ書庫だった。書庫に収められた革張りの本の背表紙には、金文字で南蛮の書名らしきものが記されている。

部屋に入って内部を調べたが、人の姿は見当たらなかった。

愁之介は次の部屋も、同じ手順で調べた。

が、やはり人影はない。

誰かの寝室として使われていたらしく、部屋の隅に古びた木の寝台が置いてあった。その脇の小卓の上に、空になった玻璃《はり》の瓶《びん》と、干からびたヒマワリの種が転がっている。

ふと見ると、窓が広く開け放たれ、冷たい風が部屋に吹き込んでいた。

(窓から飛びおりたのか……)

愁之介は窓べに近寄った。

外にはひろびろとした眺めが広がり、眼下を淀川が流れている。

もしも、賊が川に飛び込んだとすれば、愁之介と出くわさずにやすやすと脱出できたはずである。

愁之介がもう一度、あたりを見まわし、部屋から出ていこうとしたそのとき、

「動くなッ!」

鋭い声が発せられた。

いつのまにあらわれたのか、開け放した戸口に、黒衣の男が立っていた。

男は南蛮人であった。肩幅が広く、背丈も見上げるように高い。その巨軀《きょく》を、宣教師独特の黒い長衣でつつみ、金色に輝く十字架を胸にぶら下げている。

何よりも異様なのは、男の面相だった。

男は、この時代、日本ではきわめて珍しい眼鏡というものをかけていた。額から顎にかけての右半分に、醜いやけどの跡がある。赤くただれた皮膚の奥で、鳶《とび》色がかった目が愁

之介をじっとにらみすえていた。

靴音を響かせながら部屋に入ってくると、宣教師は手にした火縄銃の銃口を、愁之介の心臓に向けた。

「刃物を捨てて、両手を上にあげなさい」

宣教師が命じた。

有無を言わせぬ強い口調だった。

愁之介は言われるまま、持っていた抜き身の小太刀を投げ捨てた。音をたてて、小太刀が床を転がる。

それを目の端で見届けてから、愁之介はのろのろと手を上げた。途中までおとなしく従っていると見せかけ、いきなり、斜め前の円卓の陰へ頭から転がり込む。

次の瞬間、銃口が火を噴いた。

弾丸が小袖の裾をつらぬき、床に当たってはじけ飛ぶ。

愁之介は円卓を倒し、すばやく一回転して床に落ちていた小太刀を拾い上げた。身をひるがえして立ち上がり、敵に向かい合う。

「くそっ!」

宣教師が、憎々しげに頬をゆがめた。

「善住坊を撃ったのは、きさまだな」

愁之介は、ツツッと宣教師に近づいた。

宣教師は火縄銃をたてにして、じりじりと後じさっていく。

一度発射した火縄銃は、弾をふたたび筒先から込め直さなくては役に立たない。弾の入っていない火縄銃など、ただの棒切れも同然であった。

「なぜ、善住坊を殺した。あの男にいったい何の恨みがある」

愁之介は冷たい声でつめよった。

醜い顔をひきつらせ、南蛮人の宣教師が壁ぎわに下がる。

「あの男は、知りすぎていた」

「どういうことだ」

「ふふふ……」

宣教師が、不気味な笑いをみせた。

「それを知れば、おまえも死ぬことになるだろう」

「なに！」

愁之介が一歩踏み込み、小太刀を上段に振りかぶったとたん、宣教師の手から火縄銃が投げつけられた。

銃の台座が、愁之介の足の甲にぶち当たる。

――うっ。

足に鈍痛が走った。

愁之介が床に片膝をついた隙を見すまして、宣教師は窓べに駆け寄った。窓枠に足をかけて二階から跳躍する。

黒い長衣が風にひるがえり、すぐに視界から消え去った。

（しまった！）

足をひきずりながら、愁之介は窓べに駆け寄った。

川を見下ろすと、抜き手をきって泳ぎ去っていく宣教師の後ろ姿が見える。

つづいて川へ飛び込むため、愁之介は備前長船景光を腰からはずし、片足を窓枠にかけて身を乗り出した。

そのとき、淀川の流れがにわかに波立ち、みるまに水面が盛り上がってきた。鯨《くじら》を思わせる、黒く異様なものが姿をあらわす。

「あれは、いったい……」

愁之介は、思わず声を上げていた。

それは、長さ半町（約五十メートル）ほどの、巨船だった。ただし、ふつうの船のような甲板《かんぱん》や帆柱《ほばしら》は、どこにも見当たらない。窓さえもない。

水の下を潜って進むように作られた、特殊な船のようだった。

やがて、船の上部の扉が開き、泳ぎ着いた宣教師を縄ばしごで引き上げると、ふたたびその扉を閉じた。

巨船は、じょじょに水中へ沈みながら、淀川の下流へ向かって遠ざかっていく。

「波潜船《なみくぐりぶね》か……」

愁之介は茫然《ぼうぜん》として、異様な黒い船影を見送った。

四

イエズス会宣教師オルガンティーノは、その日、大坂の天満《てんま》寺内町《じない》にあるセミナリオで講義を終えると、庭へ出た。

セミナリオとは、キリスト教の神学校のことで、そこでは日本の若者たちが日々、学問に励んでいた。

セミナリオの校長をつとめるオルガンティーノは、今年で六十歳になる。イエズス会の宣教師として、故郷の北イタリアの地を離れてから三十四年、日本に渡ってからすでに、二十四年の歳月が流れていた。

その間、オルガンティーノはほかの宣教師たちとともに、日本国内のキリスト教の発展のために力を尽くしてきている。天正十五年（一五八七）、豊臣秀吉がキリシタン禁教令を発すると、一時的に小豆島《しょうどしま》へ身を隠したが、その後、秀吉に行動の自由を許され、大坂のセミナリオを再興した。

日本人の風俗習慣に理解が深く、温厚な人柄は信者たちに、

——宇留岸《うるがん》さま

と呼ばれて慕われていた。

オルガンティーノは、雪が残る石畳の中庭を横切り、噴水の横を歩いて自分の宿舎へもどった。

庭からつづく部屋の戸を開ける。

見ると、来客用に使っているゴシック調の樫椅子《かしいす》に、若い男が腰かけていた。彫りが深く、研《と》ぎ澄まされた強く鋭い目つきをしている。

「あなたは？」

やわらかな日本語で、オルガンティーノが尋ねた。

「朧愁之介と申します。講義が終わるまで、ここで待たせていただきました」

「オボロどの……。今日はまた、どのような御用で」

突然の来訪者にも温顔を崩さず、オルガンティーノは、卓をはさんだ向かい側の椅子に腰を下ろした。

「あなたは、京、大坂のキリシタンの事情に詳しいと聞いて参りましたが」

と言って、愁之介はオルガンティーノの顔を見つめる。

「はい……」

オルガンティーノがうなずいた。

天正四年（一五七六）、ヴァリニャーノによってミヤコ布教地区長に命じられて以来、オルガンティーノは京都、大坂を中心に活動をつづけ、現在では、畿内の布教事情をもっとも的確に把握する立場にあった。

「いま、京、大坂に南蛮人の宣教師は何人くらいいるのです」

愁之介が聞いた。

「イエズス会士は、私のほかには誰も残っていないはずです。禁教令以来、みな、長崎や豊後《ぶんご》、薩摩に引き上げてしまったものですから」

「イエズス会以外にも、宣教師はいるのですか」

「ええ」

オルガンティーノは、目をしばたたかせてうなずく。

「最近、フランシスコ会の宣教師がひそかに畿内に入り込んでいるようです」

「フランシスコ会？」

不審げに眉をひそめる愁之介に、オルガンティーノは、

「キリシタンのなかの別会派ですよ。イエズス会が真言宗なら、フランシスコ会は一向宗といったところでしょうか」

と、説明した。

「なるほど……」

「この国に来て長いものですから、日本人の心も、習俗も、だいぶわかってまいりました」

オルガンティーノはかすかに笑うと、椅子から立ち上がり、別室で茶を入れてきた。印《いん》度《ど》渡りの茶なのだろう、あざやかな紅い色をしている。

芳醇《ほうじゅん》な香りのする茶をすすりながら、

「じつは」

と、愁之介は本題を切り出した。

「ある男を探しております。黒服の宣教師で、眼鏡をかけている。それに、おそろしく背が高い」

「黒服の宣教師と言いますと、わがイエズス会のものですね」

オルガンティーノは困惑したように首をかしげた。

「その男、顔半分に醜いやけどの跡があった。それに、こんなものを……」

愁之介はふところに手を入れ、黄金色に輝く十字架を取り出すと、それを卓の上に投げ出す。

十字架の中央には、磔《はりつけ》にされたイエス・キリストならぬ、角《つの》と尻尾《しっぽ》を生やした魔王サタンの像が浮き彫りにされていた。

ひと目見て、オルガンティーノが、

「ディオ・チェ！」

と、叫び声を上げる。

胸の前で十字を切り、口のなかで祈りの言葉を低くつぶやく。

「オボロどの。この汚らわしい背教者の十字架を、どこで……」

「私の捜し求める宣教師が落としていったものです」

「……………」

オルガンティーノの目つきが、険しくなっていた。あきらかに何かを知り、苦悩している者の目である。

「あの男が悪魔に……。いや、ばかな……」

「十字架の持主に心あたりがあるのか」

愁之介は、オルガンティーノの顔をうかがうように見た。

「オボロどの。宣教師の顔に、やけどの跡があると言われましたが、それは、右側でしたか。それとも左側？」

「右だった」

「おお……」

と、オルガンティーノは天を仰いだ。

手で円卓を何度もたたき、深いため息を洩《も》らす。

「教えてくれ。あの宣教師は、いったい何者なのだ」

オルガンティーノは、愁之介から目をそらして黙り込んでいたが、ややあって、もとの落ち着きを取りもどすと、意を決したように口を開いた。

「たぶん、その男はフランシスコ・カブラルでしょう」

「フランシスコ・カブラル？」

愁之介は聞き返した。

「そうです。かつて、私とともにインドのゴアから日本へ渡ってきた、イスパニア人（スペイン人）の宣教師です」

「イスパニアの宣教師……」

ええ、とオルガンティーノがうなずいた。

オルガンティーノによれば、カブラルは、日本イエズス会の最高責任者である布教長までつとめた人物であるという。しかし、考え方は偏狭で、日本人やその固有の文化を徹底的に蔑視《べっし》し、西欧人の言葉や習慣を日本に根付かせねばならないと、かたくなに信じ込んでいたらしい。

ローマ教皇の巡察使《じゅんさつし》として日本を訪れたヴァリニャーノは、偏見に凝り固まったカブラルを見て、彼のやり方は日本の実情に合わないと忠告した。結局、カブラルはそれがもとで、辞任にまで追い込まれたのだという。

「ちょうど、今から十三年前のことでした」

思い出すように目を細めて、オルガンティーノが言った。

「カブラルは、自分に非はないと叫び、抗議のために顔半面を煮えたぎった油につけました。それでも許されないと知ると教会を出奔《しゅっぽん》し、以来、行方知れずになっています……」

「そうか」

愁之介は卓の上の十字架をふところにおさめ、立ち上がった。

「カブラルが何かしでかしたのでしょうか」

オルガンティーノが聞いた。

愁之介は表情を変えず、

「たいしたことではない。人をひとり殺しただけだ」

「人を殺したですと」

オルガンティーノは顔色を変えた。

「手間を取らせた。礼を言う、宇留岸《うるがん》どの」

愁之介は言うと、身をひるがえした。その後ろ姿に向かって、オルガンティーノが十字を切った。

五

セミナリオをあとにした愁之介は、雪を踏みしめ、天満橋の船着き場に向かって歩いた。あたりは、天満寺内町と呼ばれるように、本願寺をはじめとする寺院が多く、道の両側は寺の土塀が連なっていた。

夕暮れの町に、梵鐘《ぼんしょう》の音が響きわたる。

「カブラルか……」

愁之介はその名を、口のなかでつぶやいた。

善住坊を殺した宣教師は、間違いなくカブラルであろう。

オルガンティーノは、カブラルがイスパニア人だと言っていた。死のまぎわ、善住坊が口にしたのは南蛮という言葉である。カブラルの母国イスパニアは、まさにその南蛮ではないか——。

とすれば、カブラルという男が、父の切腹事件の陰で糸を引いていた可能性がある。

しかし、イスパニア人のはぐれ宣教師と、茶人である利休のあいだには、何の接点も見当たらない。まして、カブラルが太閤秀吉の意志を自由に操れるはずもなかった。

（これにはまだ、なにか裏があるな……）

そう思って、愁之介が寺の角を曲がったとき、突然、塀の上から飛び下りてくる者があった。

男は音もなく地面に下り立つと、愁之介の行く手に立ちはだかった。

黒革の胡服《こふく》を着た男だった。

「おまえは、沈《チェン》……」

相手の顔を見て、愁之介が眉をわずかに動かした。男は、堺の明国商人の秘密結社、蝙蝠幇《パン》の用心棒をつとめる沈岳竜《チェンユエロン》であった。

「おれがあらわれた理由はわかっているだろうな。われらが首領は、おまえに三日の猶予を与えると言われた。今日がその期限だぞ、朧愁之介」

底光りする鷲《わし》のような目が、愁之介をひたと見据える。

「その話なら、とっくに断ってある」

冷めた口調で、愁之介は答えた。

「どうあっても、首領の申し出を断ると言うのか」

「むろんだ」

「やはりな……」

愁之介の答えをあらかじめ予想していたかのように、沈岳竜は片頬をゆがめた。

「首領の命令は絶対だ。それに逆らえばどうなるか、おまえも一度は裏に生きた者ならわかっているはずだ」

「もう、忘れたな」

「ならば、思い出させてやろう」

「やる気か」

「むろんだ。きさまには、ここで死んでもらう」

言うが早いか、沈岳竜の手が胡服の腰に伸びた。帯にはさんであった棒状のものを、すばやく抜き取る。

三節棍《さんせっこん》であった。

三本の鉄の棒を鎖で結んだ、中国拳法の武器である。巧みに扱えば、並の刃物よりおそろしい凶器になる。

沈岳竜は胸の前で、三節棍をさばいた。

ものすごい早さだ。空気が音をたてて震えるのがわかる。

三節棍を回転させて、沈が迫ってきた。

愁之介は刀の柄に手を置き、相手の動きに目をくばりながら、じりじりと後ろへ下がっていく。

「リャーッ!」

奇声を発し、地を蹴って沈が跳躍した。

飛び下りざま、空中から鉄棒を振り下ろしてくる。

反射的に身をそらせた愁之介の鼻先を、三節棍が音をたてて通りすぎる。後ろへ跳びすさったところへ、すかさず、横殴りに薙《な》いできた。

——シュッ！

愁之介はツツッと身を引き、一撃を避けた。

横へ流れた三節棍を、沈岳竜は手もとに振りもどし、ふたたび胸の前であざやかにさばきはじめる。

「さすがに、首領が欲しがるだけのことはあるな。おれの三節棍をかわしたのは、日本人ではおまえがはじめてだ」

うすい笑いを浮かべながら、沈岳竜が言った。

「だが、今度はそうはいかん。きさまのすかしきった面を、思う存分たたきのめしてやろう」

「おまえにできるかな」

愁之介は腰を沈め、備前長船景光の太刀をすらりと引き抜いた。中段に構えた太刀の切っ先が、鬼気をはらんで青白くかすみたつ。

沈が来た。

正面から襲いかかる三節棍を左へかわしざま、愁之介はツツッと前へ踏み出し、相手の顔面めがけて斬りつけた。

その瞬間、沈岳竜は化鳥のように飛躍して土塀の上に逃れていた。おそるべき身軽さである。

「きさま、たった今、セミナリオから出てきたであろう」

愁之介を見おろしながら、沈が言った。

「それがどうした」

「南蛮に雇われたな」

「なにッ！」

愁之介は目をみはった。

「南蛮に雇われたとは、どういうことだ……」

「隠さなくてもよかろう。どうせ、やつらに多額の金を積まれたのだろうよ。おれたちに手を貸せない理由はそれだな」

沈が決めつけるように言った。

と同時に、三節棍の動きを早め、背中をたわめて攻撃の態勢に入る。

「待て！」

愁之介は声を上げた。

「今さら命乞《ご》いをしても遅い。裏切り者には、死、あるのみ」

頭上から、沈岳竜が降ってきた。

愁之介は身を沈めて敵の足もとをくぐるや、着地した沈を後ろからすばやく捕らえた。

首に太刀の刃をつきつける。

「くそっ……」

沈がうめく。顔が青ざめている。

「安心しろ。おまえを殺す気などない」

「なんだと」

「それに、おれはどこの誰にも雇われてはいない」

「…………」

「そんなことよりも、おまえたちが対立しているというのは、南蛮人なのか」

「ああ」

と、沈岳竜はうなずいた。

「その話、もう少しくわしく聞かせてもらおうか」

愁之介の双眸《そうぼう》が、暗く光った。

六

愁之介は栗毛の馬にまたがり、西国《さいごく》街道を疾走した。

馬は大坂天満橋の馬借《ばしゃく》、すなわち運送屋から借りたものだった。最初、渋い顔をしていた馬借のあるじも、愁之介が切金《きりきん》をちらつかせると、もみ手をして馬の手綱《たづな》を荷車からはずした。

天満橋を離れると、すぐに日が暮れた。

馬の尻に鞭を入れ、松並木の西国街道をひた走る。尼ケ崎を過ぎ、西ノ宮の宿を駆け抜けたところで、小雨が降りだしてきた。

霙《みぞれ》まじりの氷雨《ひさめ》だった。

肩が、背中が、冷たく濡れそぼっていく。馬の体から、夜目にも白い湯気が立ちのぼった。

「南蛮人は、闇の取引を独占してきた蝙蝠帮《パン》の利権を横取りしようとしているのだ」

沈岳竜はそう言った。

沈の言うとおり、明国商人の秘密結社である蝙蝠帮は、表向きは禁じられている阿片《あへん》取引を長いあいだ独り占めにし、甘い汁を吸いつづけてきた。

その闇の市場に、あらたに食い込んできたのが、貿易で勢力を拡大した南蛮商人であった。

〝紅《あか》い涙〟——。

南蛮商人の秘密組織は、裏の世界では、そう呼ばれているという。彼らはシャムの奥地で阿片を買い付けて、荒波に強いポルトガルのナウ船に乗せ、長崎まで運んできては、荷を売りさばく。

麻薬市場を独占してきた蝙蝠帮とのあいだで、抗争が起きないわけがなかった。

「それでも、しばらくのあいだは決定的な対立にはいたらなかったのだ。なにしろ、先に権利を得ていた蝙蝠帮の力が、圧倒的に強かったのでな……」

沈岳竜は苦々しげに言った。

沈の語るところによれば、その立場が逆転しはじめたのは、四年あまり前からだったという。

「最初はわれわれも、〝紅い涙〟の勢力がにわかに強まった理由がわからなかった。だが、探りを入れていくうちに、とんでもないことが判明したのだ」

そいつは何だ、と愁之介は聞いた。

「太閤秀吉のお墨付《すみつき》よ」

声を低くして、沈が答えた。

〝紅い涙〟は南蛮人の美女を秀吉に献上し、その歓心をかったのだという。喜んだ秀吉は、阿片取引独占の利権を南蛮商人に与えるというお墨付を下した。

ただし、五年後からという期限をつけた。混乱をおそれた秀吉なりの配慮だったのだろう。だが、お墨付にある問題の期限は、すでに目前に迫っているのだという。

「やつらからお墨付を奪うため、蝙蝠帮の長老たちは、あんたを組織に呼びもどそうとした。おれは、裏切り者など雇う必要はないと言ったのだが……」

なるほど、と愁之介はうなずいた。

沈岳竜の説明で、蝙蝠帮の長老たちが苦悩していた理由がわかった。

「その〝紅い涙〟の根城はどこにあるのだ」

と愁之介はさらに沈を問いつめた。

「わからん」

沈は首を横に振った。

「だが、今夜、兵庫の明石《あかし》屋で〝紅い涙〟の黒ミサが行われるらしい」

「黒ミサだと……」

愁之介は驚いた。

黒ミサとは、魔王サタンを崇《あが》めるキリスト教の背教者の秘密の集会のことである。

そんなものをなぜ、〝紅い涙〟が行うのだ、と愁之介が問いつめると、

「〃紅い涙〃の首領はくずれ宣教師なのだ」

と、沈岳竜が答えた。

「その首領の名は、カブラル……」

沈の言葉を聞いた愁之介は、即座に、身をひるがえしていた。

生田《いくた》の森を過ぎると、兵庫の町が見えてくる。

湊町であった。

入り江を抱くように商家や白壁の蔵が立ち並び、町並みのあちこちに水路が走っている。

兵庫湊の歴史は古い。

平清盛が、日宋《につそう》貿易の基地として築いた大輪田《おおわだ》ノ泊《とまり》とは、この兵庫湊のことである。応仁の乱で焼亡してからは、一時の隆盛を失ったが、それでも、町には湊町らしいたたずまいが残っている。

愁之介は、湊八幡社の前にある東門に馬の手綱を結びつけると、雨に濡れた通りを歩きだした。

江川町

木戸町

木場町

と、家並《やな》みがつづいている。神明町《しんめいちよう》まで来たとき、通りに面して〃明石屋〃という、回船問屋の看板が見えた。

（ここだな……）

愁之介は目を上げた。

間口十間ほどの大店《おおだな》である。夜のこととて暖簾《のれん》は下ろされ、店の前の太格子が重く沈黙している。

愁之介は顔を引きしめ、土塀にそって歩きはじめた。角を曲がって路地をいき、屋敷の裏手にまわり込む。

見上げると、屋敷の土塀を乗り越え、外にまで太枝を伸ばしている松の木が目についた。

愁之介は左右をさっと見渡した。さいわい、あたりに人影はない。

松の枝につかまり、反動を巧みに利用して土塀の上に飛び乗った。愁之介の長身が、松の陰に沈む。

息をひそめて、邸内をうかがう。

松林の向こうに、池が見える。池の対岸に、瓦屋根をのせた建物が幾棟もつらなっていた。

池に面した座敷には、こうこうと明かりが灯されている。

愁之介は、土塀から音もなく飛び下りた。

松林を横切り、池のほとりをまわって座敷の方へ向かおうとしたとき、右手の茂みの奥から異様な声が響いてくるのに気づいた。見ると、雨に濡れた白いサザンカの植え込みの向こうに、瀟洒《しょうしゃ》な離れが建っている。声は、その離れからこぼれているようだった。

「あれか……」

愁之介は、気配を殺して離れの縁側に忍び寄った。

七

離れのなかは人いきれに満ちていた。

二十畳敷きほどの座敷に、三十人あまりの男女がすわっている。いずれも、黒い頭巾《ずきん》を頭からかぶり、目ばかりをぎらぎらと光らせていた。

座敷の床の間には祭壇《さいだん》が組まれ、その奥に聖母マリアの絵が掛けられている。

よく見ると、絵姿のマリアは一糸まとわぬ全裸だった。しかも、その赤い唇には淫蕩《いんとう》そのものの笑みが浮かんでいる。

祭壇の上には、透明の青い玻璃《はり》の瓶《びん》と、山羊《やぎ》の頭を乗せた白木《しらき》の三方《さんぽう》が置かれていた。山羊の首は、まだ切られたばかりのものらしく、固まる前の鮮血が、三方のなかにたっぷりたまっている。

祭壇の横に、男が二人立っている。

鼠地《ねずみじ》に松葉を散らした、しゃれた胴服を着込んだ商人風の中年男と、黒い長衣に身をつつんだ南蛮人の宣教師だった。彼ら二人だけが、黒頭巾をつけていない。

カブラルか、と思って宣教師の顔を見つめたが、似ても似つかぬ痩せぎすの男だった。顎に生やした灰色の髭《ひげ》が、山羊のように長く垂れている。

宣教師の胸には、カブラルがつけていたのと同じ悪魔を彫り込んだ十字架がかけられていた。

やがて、商人風の中年男が一歩、前に進み出ると、

「今宵《こよい》の生け贄《にえ》は、誰がよいかな」

と、言いながら、離れにすわっている黒覆面の一同をなめるように見まわした。

座敷にいた十数人の女たちが、

「私が……」

「いえ。どうぞ私をお使い下さい、明石屋さま」

つぎつぎに名乗りを上げ、先を争って膝立ちになった。どの女の目にも、狂的な光がひそんでいる。

「みな、よい心掛けじゃのう」

男は、満足げに低く笑った。女たちの言葉から推《お》して、この中年男が回船問屋、明石屋のあるじなのだろう。

「いかがなさいますか、ゴメスどの」

かたわらの南蛮人を振り返って、明石屋が声をかけた。

ゴメスと呼ばれた南蛮人は、女たちをじろりと一瞥《いちべつ》し、いちばん端にいたひとりを指さした。

「ほほう。われらが司祭さまは、頭巾の下をも見通す心眼をお持ちだ。しもべたちのなかで、最も美しい娘を選ばれましたな」

そう言うと、明石屋は娘を近くに招き寄せた。

娘が、祭壇の前に進み出る。

うやうやしく跪《ひざまず》いた娘の頭から、明石屋が黒頭巾を取り去った。年はまだ、十六、七だろう。細面で目のぱっちりした、肌のきれいな娘だ。

その娘に向かい、

「あそこに横になりなさい」

と、明石屋が命じた。

祭壇の横に、光沢のある絹の夜具が敷いてある。命じられるまま、娘はその上に腹ばいになって横たわった。

「尻を高くかかげ、サタンに祈りを捧げるのです」

娘は明石屋に言われた通り、尻をくねらせながら高々と突き出していく。身につけた紅《べに》色の小袖に、淫靡《いんび》な皺が寄った。

はあれ、くりすとあ

はあれ、くりすとあ

娘が呪文《じゆもん》を唱える。

明石屋も、娘に合わせて呪文を口ずさみだした。しばらくして、祭壇に置いてあった玻璃の瓶を手に取り、口を斜めにかたむけて、なかに入っていた香油《こうゆ》を娘の尻にそそぎかけていく。

油の染みた小袖が、娘の肌にべったりと密着した。思いのほか肉付きのいい、豊満な尻の形があらわになってくる。

明石屋の長い指が、娘の尻の割れ目をなぞった。

それにつれ、娘の尻の動きが激しくなっていく。来て、来て、と誘っているように見えた。

女の秘所を十分にさすり終えると、明石屋は、娘の小袖をいきなりめくり上げた。

白い尻があらわになる。

むっちりした肌が、油でぬらぬらと光っていた。

明石屋は祭壇の三方を取り上げると、山羊の頭に口づけをし、底にたまっていた生き血を娘の尻にぶちまけた。

どす黒い山羊の血が、女の尻を濡らしていく。

はあれ、くりすとあ
はあれ、くりすとあ

「さあ。血に濡れたマリアさまを、みなに見せるのだ」

明石屋が言った。

娘は体の向きを変え、血に染まった尻を、部屋に集まった黒頭巾の人々の方に向けた。両脚を大きく開いて、みずからの秘唇を明るい灯火のもとにさらけ出す。

はあれ、くりすとあ
はあれ、くりすとあ

祭壇を取り巻く人々のあいだからも、異様な呪文が響きはじめる。座敷全体に、おそろしく淫《みだ》らな熱気がみなぎった。

「われらが司祭、ゴメスさま。どうぞ、今宵のマリアに、ありがたき祝福をお与え下さいませ」

明石屋が、南蛮人の宣教師に向かって頭を下げた。

それまで無表情に儀式を眺めていた南蛮人が、突然、黒衣の裾をひるがえし、娘に近づいていった。

胸の奇怪な十字架を手に取り、その先端を血にまみれた娘の秘所にふかぶかと埋め込んでいく。

「あ、あ、ああ……」

眉のあいだに皺を寄せ、娘があえいだ。

それを待っていたかのように、離れにいた男女があちこちでからみ合いはじめた。前から、後ろから、獣のような狂宴が繰り広げられる。

ようすを見ていた明石屋は満足げにうなずくと、ひとり、座を抜け出して離れの障子を引き開けた。

後ろ手に戸を閉め、庭へ下りようとしたそのとき――。

暗がりから伸びた手が、明石屋の口をふさいだ。朧愁之介だった。縁側の隅にひそんで、隙をうかがっていたのである。

「おとなしくしろ」

耳もとで低くささやいてから、愁之介はもがく男を引きずり、松林の奥まで連れていった。

腕をきめて下草の生えた地面に這《は》いつくばらせ、小太刀の切っ先を明石屋の首筋につきつける。

「ひい……」

「声をたてるな。騒げば命はない」

明石屋は、わかったというように、額を何べんも地面にこすりつけた。

「おまえたちがやっていたのは、〝紅い涙〟の黒ミサだな」

「し、知らない……」

「正直に答えないと、首が胴から離れることになるぞ」

そう言うと、愁之介は小太刀の峰《みね》で男の首をすっと撫《な》でる。

明石屋の体が小刻みに震えだした。案外、気の弱い男のようだ。

「どうなんだ。離れにいたゴメスという宣教師は、〝紅い涙〟の仲間なのだろう」

「は、はい」

と、明石屋はどもりながらうなずいた。

「私どもはただ、〝紅い涙〟の黒ミサに場所を提供しているだけなんです。あいつらは人を集めてミサを行い、そのたびに多額の寄付金をせしめておりまして……」

「カブラルも、この屋敷にいるのか」

　愁之介が聞いた。

「い、いいえ。カブラルさまは、めったに顔を見せられません。なんでも、ほとんど黄泉《よみ》の国におこもりだとか」

「黄泉の国？」

「〝紅い涙〟の根城のことです」

「根城だと」

「はい」

　明石屋が首を縦に振った。

「それは、どこにあるのだ」

「瀬戸内海に浮かぶ、島のひとつに……」

「もっと詳しく、場所を教えろ」

　愁之介は、刃を商人の鼻先へつきつけた。明石屋はおののき震え、あらいざらい白状した。

波潜船《なみくぐりぶね》

一

愁之介《しゅうのすけ》は兵庫湊《みなと》のはずれで鯛《たい》漁から帰ってきたばかりの小舟を見つけると、漁師に金を握らせ、淡路《あわじ》島まで連れて行ってくれと頼み込んだ。

「淡路島の、どのあたりへ舟を着けますかい」

漁師が聞き返した。

「島の北端に松帆《まつほ》の浦《うら》という浜があるであろう。そこへやってくれ」

言うが早いか、愁之介は船端《ふなばた》をまたいで小舟に乗り込んだ。漁師は仕方がない、といった顔でうなずき、舟の艫綱《ともづな》を解く。

漁師は櫓《ろ》を漕《こ》ぎ、湊を出ると帆を上げた。さいわい、東の風が吹いている。追い風だった。

淡路島の北端、松帆の浦までは、海上、五里（二十キロ）。

追い風に乗れば、一刻《とき》（二時間）もあれば到着する。

いつの間にか雨は上がっていた。

暗い夜空に、冷たい星がまたたき出している。

愁之介は舟の上に寝そべり、うすく目を閉じた。さまざまな思いが、錯綜《さくそう》しながら胸をよぎっていく。

(カブラルを問いつめれば、父の死の謎も解けるにちがいない)

だが、それは知るべきことではないと、善住坊は言っていた。あるいは、善住坊の言葉が正しいのかもしれない。

(しかし……)

考えているうちに、浅い眠りに落ちた。

ふと目を覚ますと、前方の海上に島影が黒々と横たわっている。

淡路島だった。

愁之介の乗った舟は、明石の浦と淡路島のあいだ、明石の大門《おおと》(明石海峡)に近づきつつある。

昼ならば、舟の通行が途切れない海峡であった。瀬戸内海をゆく舟は、そのほとんどが明石の大門を通らねばならない。

だが、今は夜更けだ。

海べりに点々と灯っている篝火《かがりび》漁の舟のほかは、海峡を往来する舟影はなかった。

舟は明石の大門を抜けて、淡路島に接近した。

「あれが、松帆の浦じゃぞ」

漁師が砂浜を指さした。

「舟を着けますかい」

「いや」

と、愁之介は首を横に振った。

「このまま、しばらく浜ぞいにやってくれ」

漁師は無言でうなずき、舟をすすめた。

砂浜がつづいている。夜闇に沈む松帆の浦に、静かに波が打ち寄せ、波打ちぎわが白い帯のように見える。

岬の突端《とったん》をまわり込んでも、まだ砂浜はつづいていた。さらに半里ほどすぎたところで、ようやく浜が途切れる。

砂浜の向こうは磯になっていて、波に削られた奇怪な形の岩がそそり立っていた。ちょうど磯のなかばあたりに、門のような形をした岩が見える。高さ三丈《じょう》（九メートル）はあるだろう。

「あの岩門《がんもん》は？」

磯を目で示して、愁之介が聞いた。

「ああ。あれは黄泉の岩戸といって、このへんの漁師連中は、恐れて誰も近づかない場所だよ」

「恐れる……。なぜだ」

「名前の通り、黄泉の国に通じてるって言い伝えがあるんでさ。明石の大門で沈んだ死体は、みんなあそこに流れつくそうじゃ」

「ほう」

愁之介は、黒々とそびえる岩門をじっと見つめた。

「あの岩門のなかへ舟を入れることはできるか」

「そりゃあ、入れないこともねえですが……」

渋い顔をする漁師に、愁之介は黄金色《こがね》の切金《きりきん》を一枚握らせた。

兵庫の明石屋が、黒ミサの事実は内密にしてくれと言って、愁之介に差し出した大金の一部である。

「行きますぜ」

漁師は舟から帆を下ろし、櫓を漕ぎだした。

舟は、左右に揺れながらゆっくりと岩門へ近づいていく。屹立《きつりつ》する岩の群れが、愁之介たちを威圧するように迎える。

岩門をくぐり、なかへ入った。

岩門の向こうは、岩に囲まれた巨大な潮《しお》だまりのようになっていた。その潮だまりの奥に、縦に裂けた岩の割れ目が見える。

大船でも楽に入っていけそうな岩窟《がんくつ》だ。

愁之介が指をさすと、漁師は黙って舟をすすめた。

岩窟の内部は、闇につつまれていた。

まわりの岩が波を防いでいるため、水面はおだやかに凪《な》いでいる。だが、墨をこぼしたような暗がりのなかでは、岩穴がどこまでつづいているのかさえ判然としなかった。

「待っていてくだせえ。いま、松明《たいまつ》に火をつけます」

と言って、漁師が舟底にかがみ込んだとき、にわかに激しい衝撃がはしった。舟が、何かにぶつかり、乗り上げてしまったらしい。

「こいつは参った」

よろめきながら立ち上がると、漁師は舟底から松明を拾い上げ、火打ち石を切って火をつけた。

葦《あし》を束ねた松明が燃え上がる。

岩窟の内部が、あかあかと照らし出された。

「これは……」

小舟が乗り上げたものを見て、漁師はうめいた。

二

小舟が乗り上げたのは、波潜船《なみくぐりぶね》だった。

山崎の南蛮寺から脱出するとき、カブラルが乗って逃げたものである。

愁之介は、漁師から松明を受け取ってあたりを照らしていたが、やがて船端をまたぎ、波潜船の黒い船体の上に乗り移った。

「すまぬが、おまえは、沖へ出て待っていてくれ」

「沖で待っていればいいのかね」

漁師が聞いた。

「ああ。一刻もしたら、またここに来てくれるか」

「わかりました」

漁師は軽くうなずく。

愁之介は小舟の舳先《へさき》を両手でつかみ、力を込めて押し出した。

小舟が後ろ向きに下がっていく。

漁師は櫓を漕いで、たくみに舟の方向を転じると、岩窟の外へ出ていった。

愁之介は、足もとを松明で照らしながら、波潜船の上を歩いた。

船体は木製だった。水漏れしないように、表面に油を染み込ませてあるらしく、板は黒光りしている。

船の中央部まで来たとき、愁之介は立ち止まった。

船体に真鍮《しんちゅう》の取っ手が突き出ている。おそらく、そこが出入り口になっているのだろう。

松明を持ったままかがみ込み、取っ手を引き上げた。

にぶい音をたてながら、足もとの扉が開く。

なかは漆黒《しっこく》の闇につつまれている。人の気配はない。

下へ向かって伸びる鉄のはしご段に足をかけ、愁之介は船内へ下りた。

松明が船の内部を明るく照らし出す。

船内は、思いのほか広かった。

両方の壁ぎわに、作りつけの座席が十ずつ並び、それぞれに長い櫂《かい》がついている。

櫂の先は船外につき出ていて、櫂を漕いでもなかに水が入らないように、櫂と船体の隙間に油のかたまりが詰め込んであった。

先へ行くと、太い竹の筒が天井から取り付けてある。

竹筒の先端から奥をのぞいたが、暗くて何も見えない。松明の明かりを近づけてみると、筒のなかに鏡がはめ込んであるのがわかった。

その筒を使って、水中から外のようすを探るのだろう。見事なからくりであった。

波潜船は、またの名を、

——竜宮船《りゆうぐうぶね》

とも呼ぶ。

戦国時代の能島《のしま》流水軍書『竜宮船図巻』には、

「敵陣に近寄り、あるいは陣営の内へ海底を押し行きて、竜頭《りゆうとう》を挙げて浮かび出て、炮烙《ほうろく》を飛ばし、千柄筒打ちて海中に沈み入り、我が陣に帰るなり」

と、波潜船のことが記されている。

愁之介も、その噂だけは耳にしたことがあったが、実物を眼の当たりにするのははじめてだった。

愁之介は入り口にもどり、はしご段をつたって波潜船の外に出た。

松明をかかげ、周囲を見まわす。

うす闇を透かし見ると、波潜船の右舷《うげん》が洞窟の岸壁に接岸していた。愁之介は船の上から、岸に向かって飛び移った。

満ち潮のため、岸辺すれすれまで海面が迫っている。狭い岩場を慎重につたい、洞窟を奥に向かって歩きだした。

しばらく行くと洞窟が急に狭まった。

そこからさらに、天井の低い横穴が伸びている。長身の愁之介は、背をかがめなければ通れなかった。

清水が湧き出しているのだろう。岩穴の天井も壁も、松明の明かりを反射して、茶褐色《ちゃかっしょく》にぬらぬらと光っている。

やがて、横穴が二岐《ふたまた》に分かれた。

松明を差し出して行く手をうかがい見たが、どちらも曲がりくねっているので、先が見えない。

愁之介は、とりあえず左手の道を行ってみることにした。

分岐点から五、六歩、すすみかけたとき、前方から足音が聞こえてきた。こちらに向かって近づいてくる。

愁之介は、すばやく後じさってもとの場所へもどると、もう一方の右側の横穴に身をひそめた。松明を岩陰へ置く。

足音が近づいてきた。

目の前に男の肩が見えた瞬間、愁之介は飛びかかり、相手の後ろ首に手刀《しゅとう》をたたきつけていた。

男が崩れ落ちる。

愁之介は物音をたてないように、男の体を抱きとめ、両手でかかえた。

男は、赤ら顔の太った南蛮人だった。

おそらく、〝紅い涙〟の南蛮商人のひとりなのだろう。色あざやかな上衣《ジュバン》に縞《しま》模様の短袴《カルサン》をはき、金モールの襞襟《ひだえり》を首に巻きつけている。

愁之介は気を失った男を引きずって、洞窟の隅に横たえた。岩陰に置いた松明を手に取り、ふたたび、左側の洞窟を奥へ奥へと歩いていく。

半町《はんちょう》（約五十メートル）も歩いただろうか。

突然、洞窟の天井が高くなった。行く手にうす明かりが見え、足もとが明るくなってくる。

愁之介は、持っていた松明を投げ捨てた。

息をつめて、壁ぎわを進む。

ゆるく曲がった横穴をまがると、目の前に、岩を削った人工の広場があらわれた。内壁は漆喰《しっくい》で固められ、いちめん、おぞましい悪魔の饗宴《きょうえん》を描いた壁画が描かれている。

悪魔の壁画の奥、一段高くなった岩場の上に黄金の玉座《ぎょくざ》が据えられ、そこに黒衣の巨漢が泰然と腰を下ろしていた。

「カブラル……」

醜いひきつれのある男の顔を見つめ、愁之介がつぶやいた。

三

「誰が来たかと思えば、きのうの若造か」

カブラルがうっすりと笑った。

その足もとに、南蛮寺でパイプオルガンを弾いていた栗色の髪の美女がすわり、カブラルの太腿に頬擦りしている。黒い修道女の衣をまとった女は、愁之介の方に顔を向け、真っ赤な唇をかすかにゆがめ、艶然《えんぜん》とほほ笑んだ。

どうやら異国の女は、カブラルの仲間だったらしい。

「この私を殺しに来たのか。それとも、蝙蝠《こうもり》帮《パン》の連中に頼まれて、太閤自筆のお墨付《すみつき》を奪いにでもやってきたか」

「どちらでもない」

愁之介はカブラルを鋭い目でにらんだ。

「おれは、父の死の原因を確かめに来ただけだ。おまえはおれの父、千利休の死の真相を知る善住坊《ぜんじゅうぼう》を殺した。それは、なぜだ……」

「ほほう、おまえがあの茶人の息子……。これは驚いた」

カブラルは意味ありげな目で、愁之介を見おろした。

「白状してもらおう。おまえは、おれの父の死にどんなかかわりがあるのだ」

「知りたいか」

カブラルが言った。

目に邪悪な影が揺れる。

「だが、聞いてもおまえのためにならぬ」

「それは、どういうことだ」

「ふふふ……、真実を知るのもよいだろう。どうせ、人はたがいに裏切り、傷つけ、憎しみ合うために生きているのだからな。おれは、かつて同志だったイエズス会の連中に鞭《むち》もて追われ、魔道に身を投じた」

カブラルはそう言って、黄金の玉座から立ち上がった。

「聖職者から〝紅い涙〟の首領へ早変わりするとはたいしたものだな」

愁之介が皮肉を込めて言うと、

「きさまなどには、わかるまい。おれの苦しみが」

カブラルは顔をゆがめた。

「おれはこの国の下劣な民を、われら西洋人のすぐれた意識に同化させるため、この国の民が必死になってしがみついている、古くさい因習を捨てさせようと試みただけなのだ。それを、あのイエズス会の宣教師どもは……」

「オルガンティーノやヴァリニャーノのことか」

「そうだ。やつらはおれのことを異端者とののしった。だが、異端者はやつらの方だ。やつらは日本の文化に見合った布教活動をすることが、この国にキリスト教を根づかせる早道だと主張し、パン食をやめて米を食べ、法華経《ほけきよう》なんぞ学びおった。だが、それはちがう」

「……………」

「オルガンティーノらの考えは、たんに、この国の民に迎合しているにすぎん。やつらの安易な布教活動のせいで、この国のキリスト教は、真のキリスト教とは遠くかけ離れた、うわべだけの邪悪なものになり果ててしまったのだ」

カブラルは昂然《こうぜん》と叫ぶと、唇の端に凄絶《せいぜつ》な笑いを浮かべた。

《わたしは日本人ほど傲慢《ごうまん》、貪欲《どんよく》、不安定で偽装的な国民を見たことがない。彼らが従順な共同生活を送れるとすれば、それはほかになんら生活手段がない場合においてのみである。いったん生計が成り立つようになると、彼らはたちまち主人のように振舞うに至る》

カブラルは、イエズス会総長あての書簡のなかで、戦国期の日本人をそう罵倒している。かつて、日本人がみちのくに住む蝦夷《えみし》を〝鬼〟と称したがごとく、カブラルにとって、海の果ての島国に住む日本人こそが〝悪魔〟そのものに見えたのかもしれない。

「おれは真のキリスト教を守るために、逆にキリスト教の世界から追われた。あとは、闇の世界に身を置くしか生きる道はあるまい。さいわい、宣教師をしていたころから、貿易商たちのあいだには顔がきいたものでな」

「それで、〝紅い涙〟に……」

「ふふ、闇の組織を乗っ取るのは造作もないことだった。おれは、おれを破滅させたこの国の民を地獄へ落とすため、麻薬取引に力を入れた。日本人を阿片漬けにして、おれが味わった以上の苦しみをなめさせてやろうと思ったのよ」

「きさま、口では偉そうなことを言っているが、腹の底から悪魔だな」

「何とでも呼べ」

カブラルは、肩を揺すって哄笑《こうしょう》した。不意に笑いをおさめると、ふたたび愁之介を見すえ、

「そう、おまえのおやじの話だったな」

と、低い声で言った。

「あいつは、おれの野望の前にたちふさがった邪魔《じゃま》な男だった」

「…………」

「おれは、日本における麻薬取引を独占しようと考えた。そのため、太閤秀吉の側近であ

る石田三成《いしだみつなり》に近づき、かれとその一派に莫大《ばくだい》な献金を行なったのだ。そして、この女も三成を通じて好色な秀吉に献上した」

と言って、カブラルは足もとの栗色の髪の美女に視線を落とした。南蛮の美女は、妖《あや》しい目で男を見上げる。

「その根回しが功を奏し、五年後には麻薬取引を独占させるという、秀吉自筆のお墨付が、わが〝紅い涙〟に下った。太閤のお墨付さえあれば、われわれは市場を独占していた明国人の蝙蝠幇を完全に締め出すことができる。しかし、いち早くその事実を知り、秀吉に対し、お墨付の撤回を強硬にとなえたのが明国人の血を引くチェンだった」

「チェンだと？」

「そうだ。チェン・リーシュウだ」

「誰のことだ」

「日本風に呼ぶなら千利休《せんのりきゅう》」

「なに」

カブラルの言葉を聞いて、愁之介は思い出した。

千家の先祖は、堺へ渡ってきた唐人《とうじん》だと聞いたことがある。

利休の父千与兵衛は、堺の商家田中家へ養子に入り、田中、千の両方の苗字を称した。

利休は、母方の田中を名乗らず、千の名を使ったのである。

「だが、茶人である利休が、なぜ、おまえらの利権争いに異を唱えねばならなかったのだ」

「まだわからないのか」

カブラルが嘲《あざけ》るように笑った。

「おまえのおやじ、チェンこそ、阿片取り引きを行なう蝙蝠幇を陰で支配してきた大黒幕だったのよ」

「なんだと……」

愁之介は言葉を失った。

信じられないことだった。

天下一の茶人とうたわれた利休であった。

侘《わ》び、寂《さ》びの美意識を作り上げた利休であった。

そして愁之介が、裏の世界に足を踏み入れたのを知るや、即座に親子の縁を切った父であった。

「信じられん」

愁之介は吐き捨てるようにつぶやいた。

「信じられないのも無理はない。なにしろこのことは、裏の世界でもごく限られた者しか知らない事実だからな」

「……」

「やつは、表では茶道の宗匠、塩魚座《しおうお》の頭《かしら》としてもっともらしい顔を取り繕《つくろ》っていたが、裏にまわれば蝙蝠幇《パン》の影の首領として権力をふるっていた。太閤秀吉をあざむき、呂宋《ルソン》の茶壺《ちゃつぼ》に阿片を入れて、大がかりな密貿易を行なったこともあった。石田三成は、かなり以前から密貿易の情報をつかみ、それをもとに政敵のチェンを葬り去れないかと考えていたらしい」

カブラルが、ニヤリと口もとをゆがめた。

「われら〝紅い涙〟と石田の利害は、完全に一致した。石田三成が秀吉にやつの行ないを密告する一方、われわれの組織が蝙蝠幇の縄張りを多少強引なやり方で荒らした。あせった千利休《チエンリーシュウ》が、秀吉にしつこくお墨付の撤回を求めた結果……」

「太閤の逆鱗《げきりん》に触れ、切腹を命じられたというわけか」

愁之介は乾いた声で言った。

「ふふふ……。どうだ、愉快な話であろう。侘びだ、寂びだ、と口ではきれいごとを言っていても、一皮むけば誰でも薄汚いものなのだ。やつも、ばかなことをしたものよ」

カブラルは身をかがめ、足もとにすわっている美女の肩に手を置いた。

「おもしろいものを見せてやろう」

そう言って、カブラルは美女が着ている黒衣の背中をいきなり引き裂いた。剝《む》き出しになった女の背中を愁之介のほうへ向ける。

「それは……」

と、愁之介が声を上げた。

雪よりも白い美女の背中に、くっきりと黒い刺青《いれずみ》が彫られていた。

数行の文字を書きつらねた最後に、秀吉の花押《かおう》が見える。

「これこそが、太閤秀吉の秘文書だ」

カブラルの勝ち誇ったような声が、洞窟の中に響き渡った。

四

「おまえの言いたいことはそれだけか」

愁之介は突き放すように言うと、腰の備前長船景光に手をかけた。

「父の仇《かたき》を討つというのだな」

カブラルは余裕たっぷりに笑って玉座の手擦りをつかむ。指先が、玉座にはめ込まれた紅い宝玉に軽く触れた。

とたん――。

玉座の背後の岩壁がふたつに割れて動きだした。

開いた岩穴の奥から、靴音を響かせ、男たちがなだれ込んでくる。十数人はいるだろう。いずれも、長いマントを身につけた南蛮人であった。

「こいつらは、わが〝紅い涙〟の手だれでな。遠いポルトガルから、荒波を越えてやって来たばかりで、猛《たけ》りたっておる。きさまの相手をするには、ちょうどよかろう」

からかうようにカブラルが言った。

男たちが、愁之介を押しつつむように迫ってくる。

彼らの手に握られているのは、ラピエールと呼ばれる細身の剣であった。ラピエールは三角刃をしていて、日本刀に較《くら》べて軽く、俊敏な攻撃が可能だった。

愁之介を取り巻いた男たちは、刃を水平に前へ突き出し、半身になって身構えた。

愁之介が抜いた。太刀を。

右八双《はっそう》に構える。

三尺一寸五分。

備前長船景光の太刀に彫られた竜の彫りものが、うす紫色にかすみ立つ。

「来い」

愁之介は、男たちを鋭くにらんだ。

「ハアッ!」

前にいた男が踏み込みざま、長い腕を利して突いてきた。

愁之介はラピエールをたたきつけ、返す刀で切っ先を逆にはね上げる。男の顔面に、斜め下から上に向かって赤い線が走った。男は顔を押さえて二、三歩後じさると、膝をついて前のめりに倒れ伏す。

愁之介は、正面から突いてくる敵の洋剣を横へはらいのけ、男の胴を右から左へあざやかに薙《な》いだ。血が一直線に飛ぶ。

いかに、ラピエールですばやく突いてこようと、しょせん鍛え上げられた愁之介の剣の敵ではない。

愁之介は男たちを自在にあしらい、斬り上げ、斬り下げた。血しぶきが飛び散り、狭い洞窟内に、たちまち南蛮人の屍《しかばね》の山ができていく。

鬼気迫る愁之介の闘いぶりに、わずかに生き残った男たちも、恐れて手が出せない。顔を引きつらせて後じさる。

愁之介は血に濡れた太刀を引っさげ、奥の玉座のほうを見た。

いつのまにか、カブラルが姿を消している。背中に秀吉の秘文書を刺青した美女の姿も見えなかった。

「逃げられたか……」

愁之介は舌打ちした。

ここでカブラルを逃がせば、彼をとらえる機会は永遠に失われるだろう。何としても、島からの脱出を阻止せねばならなかった。

愁之介は身をひるがえして、洞窟を走った。波潜船が停泊している入江めざして、懸命に駆ける。

「カブラル!」

愁之介は叫んだ。

船着き場が見えたとき、黒衣の宣教師は、すでに波潜船の上に乗り移ったあとだった。先に船に乗っていた南蛮の美女が、上に開いた扉から、はしご段をつたって船内に姿を消す。

カブラルは愁之介の方を振り返ると、醜い顔をゆがめた。

「残念だが、遅かったようだな」

波潜船が岸を離れていく。

あらかじめ、櫂《かい》を漕《こ》ぐ水夫たちとしめし合わせてあったのだろう。船は岩窟の出口に向かってすべり出していく。

「きさまとは、これで永劫《とわ》の別れだ」

と言うと、カブラルは喉をそらせて高笑いした。

「そうはさせるか」

愁之介は後ろへ下がって助走をつけると、

――ケヤッ！

鋭い気合とともに、太刀を引っさげたまま、空中に跳躍した。片手が、波潜船の船体に届く。船にしがみつき、かろうじて船上に這いあがった。

「くそ！」

カブラルが黒衣の腰に手をやり、サーベルを引き抜く。巨体を飛翔《ひしょう》させて愁之介に斬りかかってきた。

横へかわそうとしたが、避けきれない。

サーベルの剣先が左肩を貫き、鋭い痛みが走った。茄子紺《なすこん》の小袖に、傷口から血がにじんでくる。

「リャーッ！」

カブラルはすかさず、愁之介の顔面めがけてサーベルを振り下ろしてきた。

愁之介は景光で受け止める。

――キン
と火花が散った。

カブラルが全体重をかけ、刀を押しつけてきた。さすがに重い。

サーベルの刃が、愁之介の首筋に触れる。

愁之介の顔に赤みがさし、額に冷や汗が浮かんだ。

「死ねッ！」

カブラルが力を込めた瞬間、愁之介は体《たい》を入れ替え、船の上に転がっていた。目標を失ったカブラルが、思わず片膝をつく。

「くそッ！」

中腰のまま、カブラルがサーベルを前に突き出してきた。

一回転して起き上がった愁之介は、その剣先を激しくはらいのけ、がら空きになったカブラルの胸もとを下から斜めに斬り上げた。

カブラルは血走った目を見開いたまま、動きをとめる。

愁之介が刀を振りもどしたとき、カブラルは手からサーベルを取り落とし、もんどりうって海中へ転げ落ちていった。

波潜船は黄泉《よみ》の岩門《いわと》をくぐり、外海へ出るところだった。船内へ入る扉が閉じられた。

ほとんど同時に、船は波を分けて海中へ潜水しはじめる。

海水が愁之介の膝までくる。

愁之介は刀を鞘におさめ、紐で背中にくりつけると、夜の海へ飛び込んだ。沖で待つ小舟に向かって、ゆっくりと泳ぎ出す。

波潜船の黒い船影は、暗い夜の波間にまぎれ、やがて見えなくなった。

あとがき

「じつは、私は語り部なんです」

という、不思議な人物に出会ったことがある。

場所は薩摩の坊津《ぼうのつ》（鹿児島県坊津町）。その人は、関源蔵《せきげんぞう》さんというご老人であった。

〝語り部〟といえば、古代の日本には猿《さる》女《め》氏《うじ》と呼ばれる一族がいた。代々、女性が家の当主をつとめる女系集団で、『古事記』の編纂にかかわった稗田《ひえだの》阿礼《あれ》は、この猿女氏の子孫だといわれる。

まさか、その〝語り部〟が現代にも存在しているとは――。失礼ながら、私は関氏の言葉を頭から疑ってかかった。

しかし、話をさらに詳しく聞いてみると、関源蔵さんが〝語り部〟であることは、まぎれもない事実だとわかってきた。

ことの起こりは、明治維新の廃仏毀釈《はいぶつきしやく》にさかのぼる。坊津は、その名からもわかるように、もともと寺院（坊）の多い町であった。仏教寺院をすべて破壊しつくそうという暴挙の波は、この静かな港町にも容赦なく襲いかかり、西海一《さいかいいち》といわれた一乗院《いちじょういん》をはじめ、多くの寺々が打ち壊されて重要な古記録が失われた。

それを見ていた関さんの曾祖父《そうそふ》（当時、寺子屋の先生だったという）は、このままでは故郷の長い歴史が忘れ去られてしまう――と、危機感を抱き、一族のなかからとくに記憶力のすぐれた男子を選んで、口伝えで坊津の歴史を覚えさせた。

関源蔵さんは、三歳になったとき、その選ばれた〝語り部〟から、二代目の語り部としての特訓を受けはじめたのだった。

「近所の子供たちは遊んでいるのに、なぜ、自分だけが遊ばせてもらえないのだろう」

おさな心にも、悔しく思ったことがあったという。

坊津はかつて、中国貿易の基地として栄え、博多（福岡県福岡市）、安濃津《あのつ》（三重県津市）とならび、〝日本三津《さんしん》〟のひとつに数え上げられた港である。臨済禅《りんざいぜん》の開祖栄西《ようさい》は、宋《そう》へ渡るさいにここから船出しているし、明《みん》への留学を終えた画僧、雪舟《せっしゅう》が帰途にたどり着いたのも坊津の港であった。

その繁栄は、徳川幕府による鎖国までつづくことになる。

――以上が一般に語られている坊津の歴史だが、〝語り部〟関さんの話は、それよりもはるかに鮮烈でおもしろかった。

関さんによれば、坊津の海商は日本、琉球《りゅうきゅう》、明の三国の船籍を持ち、それを巧みに使い分けて商売をしていたのだという。

関さんのお宅のすぐ前には、〝唐人町《とうじん》〟があり、そこには明の福州《ふくしゅう》から渡ってきた中国人の家が三百軒あまりも軒を並べていた。徳川幕府の鎖国令で、ほとんどが長崎へ移っていったが、それ以前、坊津では中国語がごくふつうに通用していたそうである。

「海商であった関家にも、じつは、中国系商人の血がまじっているんですよ」

と、関さんはこともなげにおっしゃった。

話しを聞いて、目から鱗が落ちる思いがした。中世の坊津にはチャイナタウンが存在し、荒海をこととともせず交易に従事する人々がいたのだ。

千利休《せんのりきゅう》は、じつは中国系の商人千利休《チエンリーシュウ》だったのではないか——という私の発想の背景は、まさにそこにある。

利休が生まれ育った堺の地は、坊津と同じように海外貿易の港として栄え、戦国時代、数多くの中国系商人が渡ってきた。商用でたびたび堺を訪れた明の貿易商、堅一官《ジヤンイーカン》は、堺の豪商万代屋《もず》に宿泊しているうちに、その家の娘、木花《このはな》と契って子をなした。その息子が長じて、樫木屋道顕《かたぎやどうけん》という豪商になったと記録には残っている。

また、千利休研究の学者によれば、千家の出自は謎につつまれているという。室町幕府の同朋衆《どうぼうしゆう》（茶坊主）をつとめた千阿弥《せんあみ》を祖とする千家の系図は、偽系図の疑いがきわめて高いらしい。

これは江戸時代になって、千家が茶道の家元化するにしたがい、偽系図を作り上げる必要に迫られたからだと、私は考えている。

そこで思い起こされるのが、南坊宗啓《なんぼうそうけい》という茶人だ。南坊は千利休の高弟で、利休三周忌の法要を営んだあと、忽然《こつぜん》と姿を消してしまう。

沖縄には、この南坊が渡ってきて、「喜安」と名乗り、琉球王家に仕えたという話が残っている。南坊はなぜ、琉球へ渡ったのか。それは千家が、日本——琉球——明という東シナ海の貿易ルートにかかわっていたという証ではあるまいか。

茶人千利休は、じつは中国系商人千利休《チエンリーシュウ》なのではないか。

利休が到達した侘《わ》び、寂《さ》び、という観念も、そうした国際的視野から眺めると、よりいっそう深みを増してくると思うのだが——。

火坂雅志

解説

細谷正充《ほそやまさみつ》（文芸評論家）

デビュー以来、時代小説専一に、精力的な活動を続けている火坂雅志だが、なかでも昨年（平成十三年）の充実した仕事には、瞠目すべきものがある。『覇商の門』『黒衣の宰相』『蒼き海狼』『骨董屋征次郎手控』、そして『神異伝』第五巻（完結篇）と、なんと五冊もの新刊が上梓されたのである。

たしかに、エンタテインメント作家の新刊が五冊というのは、それほど多いというわけではない。だが、そのどれもが逸品揃いとなれば、話は別だ。『覇商の門』『黒衣の宰相』が、ヒット作『全宗』の系譜に連なる火坂流戦国〝悪人〟伝であることや、ファンの悲願であった『神異伝』の完結（いや、前巻の刊行から七年も待たされましたからね）など、注目すべき点や話題が目白押し。火坂雅志という作家の威勢を、強く感じさせる一年となった。しかも現在連載中の長篇を見ると、この勢いはさらに加速しそう。これから、さらに斯界の注目を集めるのは、まず間違いのないところだ。

と、絶好調の作者だが、こうした多岐にわたる執筆活動が可能なのは、永年の研鑽で培った時代作家としての豊かな力量があったればこそである。デビュー以来、書き続けてきた物語が血肉となり、現在の作者を支えているのだ。そう考えると、今ここで過去の作品を改めて振り返ることは、非常に意味のある行為といえよう。たとえば本書『おぼろ秘剣帳』など、どうだろうか。

本書は「問題小説」平成二年四・十月号にそれぞれ掲載された第一部「信玄黄城」・第二部「利休唐子釜」に、書き下ろしの第三部「秀吉秘文書」を加えて、平成三年に『戦国妖剣録』のタイトルで刊行されたものである。この度の、文庫収録に際して『おぼろ秘剣帳』と改題された。豊臣秀吉の天下の陰で蠢くさまざまな陰謀に、凄腕の剣客・朧愁之介が挑む痛快な連作だ。

主人公の朧愁之介は、年の頃なら二十七。長身痩軀で、妖しい色気と冷徹な眼差しをもった男だ。実は、秀吉により自刃に追い込まれた茶人・千利休の妾腹の子だが、父への反発から無頼な生活をおくっている。腰に差した備前長船景光から繰り出される秘剣は、名付けて「影の灯火」。相対する敵に背を向ける、異様な刀法だ。

などと愁之介のプロフィールを書き出すと、彼が凄腕の剣客という正統派のチャンバラ・ヒーローであることに疑問を感じるのは私だけだろうか。えっ、時代小説だから主人公が刀を振るうのは当然だって。いやいや、作者に限っては、そうもいえないのである。

火坂雅志は昭和三十一年新潟市に生まれた。早稲田大学商学部卒業後、歴史雑誌の編集者として働く。その傍ら、昭和六十三年に長篇『花月秘拳行』を書き下ろし、作家活動に入る。ちなみに、このデビュー作は、高名な歌人の西行を秘拳〝明月五拳〟を伝えられた拳法家と設定し、大和朝廷により圧殺された民の怨念と対決させた時代活劇であった。

この西行シリーズや、幻の格闘技〝骨法〟の伝承者・堀辺耦王丸が躍動する『骨法秘伝』『骨法必殺』など、初期作品は主人公を〝剣法〟ではなく〝拳法〟の使い手としたものが多い。デビュー当時の火坂作品の大きな特徴ということができよう。このことについて作者は『骨法秘伝』の文庫版あとがきで

「筆者はデビュー当時、格闘技を好んで書いた。時代小説の世界では、剣をつかう剣豪小説はあっても、素手の格闘技を書いた作品はほとんどなかったため、新天地を切り開いてみたいと思ったからだ」


と語っている。この記述からも明白なように、時代小説に新風を吹き込もうという、新人の意欲が〝拳〟を選ばせたのである。ついでに付け加えるならば、武士（権力者）の武器である刀ではなく、人間ならば誰もがもっている拳を使うことにより、主人公を庶民の側のヒーローとして屹立させようという狙いもあったようだ。

ともあれ、こうした作者の特徴を踏まえて本書を見ると、朧愁之介が、極めて正統派な

ゆえに異色のヒーローであることが理解できよう。〝拳〟にこだわってきた作者が、なぜここで〝剣〟を手にしたのか。その謎を解く鍵は、この作品の書かれた時期にある。編集者と作家の二足の草鞋をはいていた作者は、平成二年から筆一本の生活に入った。ちょうど本書の第一部が発表された頃のことである。当時の出版界はエンタテインメント時代小説にそれほど好意的ではなく、作者にとっても安定した職を捨てて専業作家になることには、かなりの不安や覚悟があったと思われる。このような時期に、正統派チャンバラ・ヒーローを創造したのは、けして偶然ではなかろう。そこにはエンタテインメント時代小説の原点に立ち戻り、自己の時代作家としての、資質と可能性を再確認しようという意図があったのではないだろうか。主人公のいかにもヒーローらしい名前に始まり、秘剣や出生の秘密といった典型的な道具立ても、そう考えれば納得できるのである。

もちろん典型的といっても、それはあくまでも表面的なこと。本書には、作者ならではの読みどころが、いろいろと盛り込まれている。

冒頭を飾る「信玄黄金城」は、武田信玄が築いたという黄金城の場所を示す仏像の争奪戦に巻き込まれた、愁之介を活写したものだ。初登場の主人公を存分に暴れさせた、いわば朧愁之介紹介篇である。続く「利休唐子釜」は、秀吉への呪詛を刻んだ利休の唐子釜の行方を追う愁之介が、どす黒い陰謀に遭遇する。注目すべきは、ここで始めて愁之介の出生が明らかになり、キャラクターにより深い陰翳が与えられていることだろう。どちらの話も、愁之介の颯爽たる殺陣と、スピーディな展開が楽しめるのはいうまでもない。

そして「秀吉秘文書」。利休の死に秘密があることを聞かされた愁之介の行動が、闇の世界の抗争と、利休の驚くべき正体を暴くストーリーは、最も作者のテイストが色濃く現れたものとなっている。

読者の興を殺ぐといけないので詳しくは書けないが、利休の意外な出自には、本当にアッといわされた。この着想を得たことにより物語が、国際的な視野と重厚な味わいを獲得したといえる。歴史の虚実の狭間に、雄大なロマンの城を築く作者の本領が、ここに遺憾なく発揮されているのだ。

本書は、魅力的なチャンバラ小説であり、また、現在へと続く火坂雅志の軌跡を教えてくれる貴重な一冊である。エンタテインメントの面白さを満喫すると同時に、どうか時代小説に賭けた作者の、若き情熱を感じとっていただきたい。

この作品は二〇〇〇年『おぼろ秘剣帖』のタイトルで
廣済堂出版から出版された作品を文庫化したものです。

おぼろ秘剣帳《ひけんちよう》

火坂《ひさか》 雅志《まさし》

学研M文庫

平成14年 2002年4月15日 初版発行

●

編集人——忍足惠一

発行人——小池徹郎

発行所——株式会社学習研究社

東京都大田区上池台4-40-5 〒145-8502

印刷・製本—株式会社廣済堂

★ご購入・ご注文は、お近くの書店へお願いいたします。

★この本に関するお問い合わせは次のところへ。

●編集内容に関することは——編集部直通 03-5434-1456

●在庫・不良品(乱丁・落丁等)に関することは——
出版営業部 03-3726-8188

●それ以外のこの本に関することは——
学研お客様センター 学研M文庫係へ
文書は、〒146-8502 東京都大田区仲池上1-17-15
電話は、03-3726-8124

落丁・乱丁本はお取り替えいたします。

定価はカバーに明記してあります。

ひ-7-4 ISBN4-05-900131-7